갑작스러운 인생 시련에 슬기롭게 대처하는 방법

# 바닥을
# 칠 때

# 건네는
# 농담

이야기나무

갑작스러운 인생 시련에 슬기롭게 대처하는 방법

# 바닥을 칠 때 건네는 농담

초판 1쇄 발행 **2019년 9월 30일**
초판 2쇄 발행 **2019년 11월 25일**

지은이 **손창우**
발행처 **이야기나무**
발행인/편집인 **김상아**
기획/편집 **박선정**
홍보/마케팅 **한소라**
디자인 **한하림**
일러스트 **동렬** @dongryol
인쇄 **미래상상**
등록번호 **제25100-2011-304호**
등록일자 **2011년 10월 20일**
주소 **서울시 마포구 연남로13길 1 레이즈빌딩 5층**
전화 **02-3142-0588**
팩스 **02-334-1588**
이메일 **book@bombaram.net**
홈페이지 **www.yiyaginamu.net**
페이스북 **www.facebook.com/yiyaginamu**
블로그 **blog.naver.com/yiyaginamu**
인스타그램 **@yiyaginamu_**
YellowID **@이야기나무**

ISBN 979-11-85860-49-7
값 **15,000원**

이 도서의 국립중앙도서관 출판예정도서목록(CIP)은 서지정보유통지원시스템 홈페이지
(http://seoji.nl.go.kr)와 국가자료종합목록 구축시스템(http://kolis-net.nl.go.kr)에서
이용하실 수 있습니다. (CIP제어번호 : CIP2019035228)

갑작스러운 인생 시련에 슬기롭게 대처하는 방법

# 바닥을 칠 때 건네는 농담

# 목차

2018년 8월

# 아픈 기억, 모든 것이 조심스럽던…

2018년 10월

# 이젠 안 아플 때도 됐는데…

목차

2018년 11~12월

# 이제 아프지 않기로…

2019년 1~7월

# 세상 속으로

(이제 아픈 이야기 없음)

목차

아내가 출근했다. 16년 차 직장인에게 너무나 평범한 출근이지만 우리 부부의 지난 2주를 생각하면 인간이 우주로 향한 것과 같은 대단한 사건이다. 아내 지영이는 남은 휴가가 많다며 2주 반 전 넉넉하게 7월 말까지 휴가를 냈었다. 난 휴가 아깝다며 그렇게 길게 내지 않아도 된다고 호기롭게 말했다. 의도한 것은 아니나 정신을 차려 보니 7월이 훌쩍 지나가고, 오늘이 7월 마지막 날이다. 2주 반은 딱 필요한 최소한의 휴가였구나.

7월엔 달력이나 시계를 철저히 보지 않고 살았다. 그저 수직으로 세워놓은 해시계처럼 때가 되면 병원에서 밥과 약이 나왔고, 하루를 머리/가슴/배처럼 3번 정도로만 나눠도 충분히 지낼 수 있다는 것도 깨달았다. 그래도 할 건 해야지. 2년 전부터 매달 일어났던 일들을 글로 기록했다. 그런데 2018년 7월은 어떻게 써야 할까.

평소엔 층간 소음까진 아니더라도 방간 소음 정도는 유발하는 '타다다닥 타다다닥' 레트로 엔틱 기계식 키보드 소리를 마구 뽐내며 아무 생각 없이 글 쓰는 걸 좋아하는데, 이번 글은 사실 좀 어렵다. 트럼프 형님이 전 세계를 뒤흔들 수 있는 안보 외교 금융 관련 트윗을 올릴 때도 이것보단 편하게 할 것 같은데. 일단 조심스럽게 2주 전으로 돌아가 보자.

2018년 7월 15일 일요일, 예배가 끝나고 고기를 먹었다. 모양 빠지게 물에 담갔다 뺀 고기가 아니라 겉면만 까슬까슬하게 익힌 후 한 입 베어 물면 육즙이 입안에 촤아악 퍼지는 고기, 전문 용어로 1등급 한우를 먹었다. 그리고 집에 잠시 들러서 이불과 옷가지들을 챙긴 후 덤덤하게 신촌 세브란스 병원으로 향했다. 입원하러 가는 길, 운전은 내가 했고 본격적인 무더위가 시작되기 전 날씨마저 쾌청해서 목적지는 잠시 잊고 파란 하늘을 보며 삶아 빤 듯 뽀송뽀송한 기분을 만끽했다.

내가 견과류 같이 건강한 삶은 살지 않았지만 그래도 여태껏 병원 신세를 제대로 진 적은 없었다. 초등학교 저학년 때 포경수술과 고학년 때 새 양말을 신고 집안에서 미끄러지며 놀다가 무릎이 찢어져 6 바늘 꿰맸던 것을 제외하면 이후 30년간은 그저 주사 한 대 맞고 나면 낫는 만만한 병으로 병원을 수백 차례 찾았을 뿐이었다. 그래서 병원, 입원, 수술, 회복 등의 단어에 대한 감이 전혀 없었다. 신기할 정도로 마음이 평온했지만, 너무 덤덤한 모습을 보이는 것도 긴장하고 있는 가족들에게 진정성이 없어 보일 듯해서 입을 앙다무는 정도로만 결연한 의지를 표했다.

그렇게 7월 15일 일요일에 입원을 했다. 수술 날짜는 이틀 후 7월 17일 화요일이었다.

어릴 때 어머니께서 난 집에 와서 이것저것 이야기들을 많이 안 해서 재미가 없다는 말씀을 가끔 하셨다. 무뚝뚝한 아들 말고 소소한 이야기를 재잘재잘해 주는 딸을 키우고 싶다고. 이번에도 그랬다. 굳이 주위 사람들에게 알릴 필요가 있을까. 내가 화제의 중심이 되는 것이 여전히 어색하여 조용히 잠깐 자리를 비우고 돌아오려 했다. 마치 하와이 한 번 더 다녀오는 것처럼. 실제로 나의 부재중 메일을 보고 또 하와이 가냐는 질문도 많이 받았다.

그런데 부재 기간의 압박이 있었다. 얼마가 될지는 모르겠지만 적어도 몇 달은 자리를 비워야 하는 상황이었다. 이 정도 기간을 설명 없이 잠수타는 것은 프로답지 못하지. 그래서 평소 친분의 크기와는 상관없이, 내가 연락이 안 되어 불편해할 사람은 없애자는 마음으로 몇몇에게 이야기를 시작했다.

역시 소문은 우사인 볼트처럼 빨랐다. 갑자기 주위 사람들의 단톡방에서 나의 수술이 가상통화, 북미 정상회담 등을 제치고 실검 1위로 올라섰고 여기저기서 연락이 오기 시작했다. 당연히 추가 질의들도 이어졌다. 신비주의 잠수 전략이 한순간에 깨졌다.

그런데 신기하게 그 과정에서 친구들과 농담을 주고받으며 마음이 더 편해졌다. 아, 날 걱정해 주는 사람들이 많구나. 쿨병에 걸린 중2도 아니고 아무 말 없이 사라지는 것보단 주변에 조금이나마 알리고 들어오길 잘했다는 생각이 들었다.

그래도 연락을 최소화하긴 했다. 몇몇 친한 친구들과 가족들에게조차 철저히 함구하고 들어왔으니. 환자가 마음이 편한 게 최고 아닌가. 그 핑계를 대며 소리소문없이 수십 개의 단톡방에서 살짝 빠지는 수준에서 주변 정리를 마쳤다. 참 많은 단톡방이 내 삶을 지배하고 있었구나. 이제 수술하고 회복만 잘하면 되는 거지. 그런 장기 레이스 영역은 내가 또 잘하잖아. 그래서 입원하는 날에도 마음이 의외로 편했다.

"근데 혹시 어디를 수술하시나요?"
"네, 뇌종양 수술을 받게 됐습니다."

뇌종양, 아직도 이 단어는 섬뜩하다. 세상엔 '지구 종말, 칼빵, 구속수감, 개학, 월요일, 폭염, 인신매매, 분신사바' 등 듣기만 해도 오싹한 단어들이 참 많다. 그중에서도 단연 눈에 띄게 불친절하고 발음마저 더러운 녀석이 '뇌종양'이란 단어인 것 같다. 그래서 더 찾아보지 않았다. 하루의 3분의 1을 이런저런 검색으로 허비하지만 뇌종양이란 키워드로는 단 한 번도 검색을 해보지 않았다. 아는 게 없으니 더욱 용감해졌다. 뭐 별거 있겠어. 남들 많이 하는 치질이나 맹장 수술 정도가 아닐까. 날도 더

운데 머리 뚜껑 한번 열고 오지 뭐. 딱 이 정도 마인드였다.

그렇게 7월 15일에 입원을 했다. 입원 당일은 저녁에 몰래 사복으로 갈아입고 학교로 산책을 다녀올 정도로 여유로웠는데, 다음 날부터는 주변 사람들이 분주히 움직이기 시작했고 병원에서 하루 만에 날 완벽한 중병 환자로 만들어 주었다.

수술을 앞두고 사전에 해야 하는 것들이 정말 많았다. 여기저기 끌려가고, 주사 맞고, 기구에 들어가고, 사진 찍고, 로봇에 연결하고, 링거를 맞고 등등. 워밍업이 이 정도면 본 게임은 생각보단 큰 수술이겠구나 감은 왔지만 여전히 두려움 따위는 없었다. 프로포폴로도 꿀잠을 자는데, 전신마취면 얼마나 개운하게 잘 수 있을까 하는 생각마저 들었다.

그리고 2018년 7월 17일 화요일 수술 당일. 원래 아침 7시 30분에 일찍 수술에 들어가는 줄 알고 있던 터라 가볍게 섀도복싱을 하며 결전의 순간을 기다리고 있었는데, 한 레지던트가 얼굴이 사색이 되어서 찾아왔다. 본인의 실수로 수술 시간이 뒤바뀌게 되었고, 앞 수술이 언제 끝날지 모르지만 대략 오후 2시 전후로 수술에 들어갈 것 같다며 거듭 사과를 했다. 교수님이 직접 찾아가서 사과를 하고 오라고 하셨다며 계속 머리를 조아렸다. 난 괜찮은데. 아오, 교수님께 얼마나 깨졌을까. 회사 생활로 치면, 매출액에 0 하나 더 붙인 자료를 만들고 보고한 후 결재판으로 뒤통수 맞은 정도였을 듯.

난 이미 아이언맨처럼 온갖 장치들을 부착하고 대기 중이었는데 갑자기 몇 시간의 자유가 생겼다. 꺼 놓았던 휴대폰을 다시 켰다. 그때 처음 든 생각이 '글이라도 하나 남기자.'였다. 살면서 이렇게 진정성이 극대화되는 시간이 얼마나 되겠는가. 그래서 짧게 지영이에게 편지를 하나 써서 SNS에 올렸다. 내가 수술을 하는 동안 이 글을 발견하고 마음이라도 편하길 바라면서. 그리고 그 편지 덕분에 수술실로 가는 침대에서 내 마음 역시 훨씬 편해졌다. 글의 힘, 진심의 힘이었나 보다.

레지던트의 실수로 몇 시간이 생겼다. 사실 아는 사람들은 다 알지만, 조용히 들어가려 했다. 교도소라 생각할라, 아닙니다. 레지던트란 단어도 썼으니. 보너스 시간이 생긴 김에, 나중에 이불킥할 수도 있지만 지금 감정으로 몇 자 흔적을 남겨보려 한다. 이 글을 쓰다가 갑자기 부를 수도 있어서 중간에 끊길 수도 있겠다. 음바페의 속도로 써야겠다.

내 인생의 1막은 19세까지의 부산 생활이었다. 친구들과의 하루하루 일탈이 너무 즐거워, 노는 시간을 보장받고, 걸렸을 때 귀싸대기를 덜 맞기 위해 공부를 했다. 얍실하지만 공부 잘하면 많은 것에 열외를 받던 시절이었다. 1995년 대학에 합격하고 서울로 삶의 터전을 옮기며 1막이 끝났다. 1막의 마무리는 아버지에게 편지를 썼다. 짐을 싸 들고 새마을호를 타러 가기 전, 연습장 한 장을 쭉 째서 편지를 급히 써서 아버지 지갑 안에 넣고 집을 나섰다. 그 편지의 마지막 문장은 "아버지는 저의 영웅이십니다."였다.

2막은 20세부터 결혼 전까지다. 여전히 즐거운 하루하루였다. 대학 친구들, 자취방, 연세복서, 샌디에이고, 삼성전자 등의 키워드가 떠오른다. 2막의 마무리는 어머니에게 편지를 썼다. 6개월 시한부 선고를 받으시고 투병 중이실 때였다. 그 편지의 마지막 문장은 "어머니와의 약속은 전부 지킬게요. 저만 믿고 맘 편히 계세요. 사랑합니다."였다.

내 인생의 3막은… 2018.07.17 오늘까지로 하겠다. 3막을 끝내기 딱 좋은 날씨다.

3막엔 결혼을 했고, 어머니를 천국에 보내드렸고, 두 딸이 태어났고, 우린 하와이 패밀리가 되었다. 난 대기업, 외국계 회사를 거쳐 투자업계로 직장을 옮겼고, 처갓집과 5년 동안 동거하다가 얼마 전 분가를 했다. 삶을 알아가며 1막과 2막처럼 밑도 끝도 없이 즐거운 나날들은 아니었지만, 좀 더 행복해지기 위해 이것저것 계속 찾아다녔다. 대학원도 가고, 글도 써보고, 영화도 보고, 와인도 마시고.

이런 내용은 일단 줄이고, 일관성 있게 3막의 마무리도 편지로 하겠다.

이번엔 와이프에게…

지영아,

병실 간이침대에 누워 따뜻한 햇살 아래서 CCM 듣고 있는 모습, 참 좋다. 애들은 딱 너처럼만 크면 더 바랄 게 없을 것 같다. 엄마 보면서 성장할 애들이 어딜 가겠어. 그래서 난 애들 걱정은 안 해. 잘 클 것 같아. 내가 큰돈을 벌 것 같진 않지만, 그래도 우리 네 식구 매 끼니 계란 후라이 떨어지지 않게는 벌 테니 걱정 말고.

나 원래 사람 욕심 많았는데 3막 마무리하며 보니 괜한 인맥 더 만들려고 에너지 낭비하지 않아도 되겠더라. 주위에 참 고마운 사람들이 많네. 이분들께 보답하는 것만으로도 시간이 턱없이 부족할 것 같다. 매주 우리 집에 초대해서 보답하며 살자.

이제 곧 눈을 감았다 뜨면 내 인생 4막이 시작된다.

4막의 키워드는 너로 정했어. 이것저것 폼 나고 가슴 뛰는 단어들 다 개나 줘버릴게. 4막 키워드는 '김지영' 하나면 될 것 같다. 내가 그동안 미처 날뛴 부분이 있다면 너그럽게 용서해 주라. 네가 내 인생 4막의 주인공이니 너 하고 싶은 대로 다 해. 음식물 쓰레기 하루에 두 번 버리라고 해도 버릴게. 밍밍한 평양냉면 먹으러 가재도 두말없이 갈게. 4막에선 그런 남편이 될게.

고맙고, 사랑한다.

4막에서 보자~

이 글을 쓰고 난 차가운 수술대에 누웠다. 그리고 지그시 눈을 감았다.

# 아픈 기억,
# 모든 것이
# 조심스럽던…

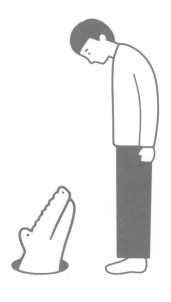

수술 이후의 기억은 이렇다. 수술은 3시에 들어가서 12시쯤 끝났으니 약 9시간이 걸렸다. 9시간이면 기내식 세 번 먹고 하와이를 가는 시간인데. 수술대에 누워 있을 때, 마취를 시작할 때, 수술을 끝내고 중환자실에서 눈을 떴을 때, 의식을 회복하기까지 2~3시간, 호흡 곤란, 중간에 지영이의 면회, 결박 등에 대한 동의서 작성, 횡설수설, 이런저런 부작용들, 의식을 회복하는 과정 등은 하나씩 무용담으로 남겨두겠다.

　　정신을 차린 후 셀프로 이것저것 테스트를 해 봤다. 처음엔 팔다리에 힘이 전혀 들어가지 않았지만, 시간이 조금 지나자 움직여졌다. 나중엔 숨이 잘 쉬어지지 않았는데 날 너무 방치하는 것 같아 결박된 상태에서 헐크처럼 괴력을 뿜내기도 했다. 이 정도면 운동능력은 정상! 언어능력을 체크하기 위해 간호사분이 계속 말을 시켰다.

　　"손창우 씨, 여기 어디예요? 여기 왜 와 있어요? 오늘 날짜가 어떻게 돼요?"

아직 남아 있던 마취 끝물들과 덕지덕지 붙어 있는 진통제들 때문에 힘들었지만, 최대한 성의 있게 대답하려 노력했다. 주소에 대한 질문에 '남양주시 가운동'이라 대답하지 않고 '가운시 남양주동'이라고 대답한 걸 제외하면 언어능력도 정상!

그다음은 시신경. 수술 부위가 시신경 쪽이라 시야장애가 올 것 같다고 했다. 다른 중환자들이 눈에 보이는 거로 봐서 시력은 정상! 그리고 시야 체크. 아, 시야는 확실히 정상은 아니구나. 굳이 따지면 1 사분면은 잘 보이고 3 사분면은 뭔가 문제가 있어 보였고, 2 사분면과 4 사분면은 흐릿했다.

하지만 눈이야 시간이 지나면 적응하겠지. 별걱정이 안 되었다. 오히려 신기했다. 사람이 지나가다가 3 사분면 쪽으로 들어가면 사라졌다가 다시 등장했다. 예전 독고탁 야구 만화에서 독고탁이 공을 뿌리면 뱀처럼 휘어지던 공이 시야에서 사라졌다가 홈플레이트에서 갑자기 나타나며 스트라이크를 잡던 게 떠올랐다. 아, 그때 독고탁의 공을 받은 포수 봉구도 뇌종양 수술을 했던 것인가.

자체 테스트는 계속되었다. 성격이 변하는 사람도 있다고 하는데, 난 중환자실에서 깨자마자 남자 간호사에게 '여자친구 있어요?' 따위의 개드립을 던지고 있었다. 성격도 안 바뀌었군, 정상!

그리고 회심의 영어를 떠올렸다. 혹시 아나, 뭘 하나 잘못 건드려서 갑자기 4개 국어를 하게 될지. 머릿속으로 영어를 떠올렸다. 맥락 없이 마틴 루터 킹의 'I have a dream' 연설문이 떠올랐다. 젠장, 영어 천재는 실패. 수술 직전에 한 형으로부터 받은 'will keep you in my thoughts'라는 문장이 떠오른 것만으로도 만족했다. 서울말도 좀 더 자연스럽게 나오는 것 같고.

나중에 들어보니 수술 과정이 아주 힘들었다고 한다. 출혈이 너무 많았고 몇 번의 고비도 있었다고 했다. 그래도 난 12시간 만에 깨어났다. 서서히 회복하는 건 내가 워낙 잘하는 영역이라 자신 있었다. 겉으로는 아주 빠르게 회복해갔다. 중환자실에서 일반 병실로 나온 직후에도 수술을 끝낸 사람이라고 보기 힘들 정도로 얼굴이 멀쩡했다. 아, 지겹다. 이 죽일 놈의 평온한 얼굴.

그런데 회복은 확실히 더디게 진행됐다. 눈동자를 조금만 움직이거나 말을 몇 마디만 해도 마라톤을 뛴 것처럼 몸이 푹푹 가라앉았다. 그리고 뇌수술은 언제 어떤 형태로 후유증이 찾아올지 모른다고 해서 정말 내 몸을 신생아 대하듯 오버하며 온몸의 세포들을 봉기시켜 회복에만 집중했다.

그래서 병원에 있는 동안엔 휴대폰도 꺼 두고 최대한 움직이지 않았다. 그토록 꿈꾸던 나무늘보의 생활이 이어졌다. 면회도 일절 받지 않았다. 아이들도 너무 보고 싶었지만 못 오게 했다. 강원도에서 한걸음에 달려와 준 친구 진철이도 지영이가 잠깐 내려가 대신 만났을 뿐이다. 부산에 계신 아버지와 형조차 수술 다음 날 잠깐 괜찮다고 통화한 것을 제외하면 연락을 드리지 못했다.

내겐 아주 민감하게 몸의 반응을 살피며 회복하는 것이 급선무였다. 그렇게 내 마음의 크기와는 상관없이 주변분들에게 연락을 못 드린 것이니 다들 너그럽게 이해해 주시길. 그렇게 신중에 신중을 거듭하며 천천히 회복해갔다. 분명 더디긴 했지만, 하루에 2%씩은 좋아짐을 느꼈다. 이제 성공적인 수술을 기념할 일만 남은 것 같았다.

일주일 만에 주치의 교수님을 만났다. 수술은 잘됐다고 하셨다. 너무 위험한 부위라 건드리지 못한 종양들을 제외하면 최대한 많이 제거하셨다고 했다. 참 좋은 교수님과 세브란스 의료진을 만났던 것에 다시 한번 감사드린다.

그런데 주치의 선생님의 표정이 어두웠다. MRI 사진 설명이 다 끝난 후 조직검사 결과를 알려주셨다. 양성 뇌수막종으로 알고 있던 우리는 마음의 준비도 하지 못한 상태로 뜻밖의 말씀을 듣게 되었다.

"조직검사 결과가 생각하던 것과 다르게 나왔습니다. 양성

종양이 아니었네요. 아주 드문 케이스로… 블라블라… 추가로 방사선 치료와 긴 시간 추적 검사가 필요하고… 블라블라….”

선생님의 설명이 이어졌지만 아무 생각이 들지 않았다.
'지금 선생님께서 무슨 말씀을 하고 계신 거지?'
'양성 뇌수막종이 아니었다고?'

혼란스러웠다. 이 결과를 어떻게 받아들여야 할지, 어떻게 추슬러야 할지, 누가 누굴 어떻게 위로해야 할지, 아무런 생각이 떠오르질 않았다. 그 순간 옆에서 오열하고 있는 지영이 얼굴이 눈에 들어왔다. 시야가 좁아졌지만 그 얼굴은 완벽하게 내 눈에 들어왔다. 아, 잠깐. 지영이. 지영이부터 달래야지. 정신 차리자. 의사 선생님 설명은 다음에 다시 듣고 지영이부터 빨리 안아주자.
그렇게 우린 의사 선생님과의 면담을 끝내고 복도로 나와서 아무 말 없이 꼬옥 안았다. 그 순간의 느낌은 '까잇거 몰라. 이렇게 안을 수 있는 사람만 옆에 있으면 된다. 이거면 된다.'였다. 그저 수술 무사히 끝내고 큰 후유증 없이 이렇게 꼬옥 안을 수 있는 사람이 있다는 것만으로도 얼마나 다행스러운가. 난 이거면 된다.

이 죽일 놈의 스토리, 그냥 평범한 뇌종양 수술만으로도 충분한데. 그래도 나니까 다행이란 생각도 들었다. 정말 인정하긴 싫지만, 이런 류의 장기 레이스를 나만큼 잘할 사람은 보수적으로 찾아보더라도 없었다. 다른 사람이 아닌 나니까 다행이다.

내 삶의 4막은 조직검사 결과 전후로 완전히 바뀌었다. 그 이후로 퇴원까지 일주일, 우린 매끼 밥 먹는 시간을 제외하면 온종일 손을 잡고 세브란스 구석구석을 걸어 다녔다. 아무리 인간이래도 이렇게 과하게 직립보행을 해도 되나 싶을 정도로 걸어 다녔다. 사람 몸에서 가장 강한 부위 중 하나가 고관절이리라.

이 시간이 참 좋았다. 우린 결혼 생활 10년 동안 나눴던 것보다 더 많은 대화를 나눴다. 이렇게 행복해도 되나 싶을 정도로 마음은 평온함을 되찾았고, 우린 걷고 또 걸었다. 밤에는 스테로이드나 진통제의 힘인지 잠까지 오지 않아서, 새벽에도 좀비처럼 일어나서 쓸쓸한 병원 복도를 혼자 걷고 또 걸었다.

참 많은 생각을 했다. 내가 느꼈던 감정들, 기도의 힘, 가족의 소중함, 앞으로의 파이팅, 이런 것들은 나보다 훨씬 잘 표현할 사람들이 많을 것이다. 하지만 이 와중에도 소소한 일상의 즐거움을 찾고, 나만의 언어와 방식으로 세상과 소통하는 것이 내가 남들보다 조금 더 잘할 수 있는 영역이란 생각이 들었다. 이제 그런 시간을 가지려 한다. 종양 따위가 내 삶을 지배하게 둘 순 없었다. 이 와중에도 행복해 보자.

앞으로의 치료 계획을 간략히 이야기하면, 우선 수술 때 제거하지 못한 몹쓸 종양 놈들과의 일전부터 시작한다. 8월 중순부터 6주간 방사선 치료를 진행한다. 이 녀석들은 날 잘 모른다. 내가 평온한 얼굴로 럭셔리한 자본시장을 일터로 삼아 일하고 있어서 헷갈리겠지만, 난 아시안게임 금메달리스트의 아들이자 자랑스러운 연세복서 초대 주장 출신이다. 니들 사람 잘못 골랐다. 우리 제대로 한번 붙어보자.

고마운 사람들이 정말 많다. 어설픈 표현으로 이 마음을 전달하는 건 가슴을 울리는 장문의 문자메시지에 'ㅇㅋ'라 짧게 답하는 것만큼 격에 맞지 않지만, 급한 대로 마음을 전하고 싶었다. 그리고 조금만 더 기다려 달라고 당부도 드리고 싶었다. 손창우가 그렇게 싸가지가 없는 아이가 아닌데, 너무 연락이 없다고 서운해할 수도 있겠단 생각도 들었다. 사실 그게 유일한 스트레스였다. 나 이제 스트레스 받으면 안 된다. 걱정해 주시고 응원 보내주신 분들에게 답을 해드려야 하는데 그러질 못했으니 계속 신경이 쓰였다.

이제 장기 레이스 시작이다. 지금은 여전히 몸이 푹푹 꺼지고, 눈도 피로하고, 말도 아끼고, 밥 잘 먹었다고 칭찬받고 트림하고 똥 잘 눴다고 칭찬받으며 지내고 있다. 그러니 아주 긴 호흡으로 주변에서 응원과 기도하며 조금만 더 기다려 주시길 바란다.

나의 4막은 이렇게 완전 다른 그림으로 펼쳐지게 되었지만 마음이 참 편해졌다. 이 순간을 감사할 뿐이다. 이렇게 글을 남길 수 있고, 오늘도 지영이와 웃고 이야기 나눌 수 있고, 아빠 머리 흉터 하나도 흉하지 않다고 응원해 주는 아이들의 웃음소리 듣고 있음에 충분히 감사한다.

　마지막으로 이 글은 다시 한번 지영이에 대한 편지다. 앞으로 나의 모든 글은 지영이를 위함이다. 원래 4막은 그럴 계획이었으니.

　　지영아,

　　안타깝지만 이렇게 되었네. 나도 인간인지라 장기 레이스를 하다 보면 때론 지치고 힘들고 짜증 나는 순간들이 찾아오겠지만, 지영아! 남편 생각보다 훨씬 강한 사람이니 걱정하지 말고. 완쾌뿐만 아니라 그 과정에서의 의미와 재미까지 다 찾아서 이 길의 끝에선 큰 선물을 안겨 줄게. 같이 손잡고 나가보자. 난 너만 있으면 된다.

　　2018.08.01 남편이.

병원에 있는 동안 아이들이 참 보고 싶었다. 11살 첫째 지우, 6살 둘째 지아. 그런데 부르지 않았다. 병원복 입고 머리에 붕대를 하고 있는 아빠를 보여주기 싫었다. 제대로 눈도 맞추지 못하고 거동도 불편한 아빠의 모습이 혹시라도 아이들에게 트라우마가 될까 걱정스러웠다. 와이프가 영상통화를 할 때도 얼굴만 살짝 비췄다. 다행히 나의 수술 부위는 뒤통수라 정면 몽타주는 멀쩡했다. 그냥 나 혼자 있을 때 청승맞게 아이들 이름을 한 번씩 불러보는 정도로 참았다.

퇴원 2일 차. 이런 병의 퇴원은 개념이 조금 다르다. 다 나았으니 집에 보내는 것이 아니라, 오래 치료해야 하는데 종합병원은 병실이 부족하니 2차 병원에 가든지 집에서 병원처럼 지내라는 말이다. 우린 집으로 돌아왔다. 홈, 마이 스위트 홈.

병원 바깥세상은 정말 더럽게 더운 여름이 되어 있었다. 에어컨을 발명한 캐리어는 인류 구원자로 일대기 영화 하나 만들어줘야 한다. 냉방, 제습, 쾌적, 무풍 등 모든 기능을 뽐내며 돌아가는 내 전 직장 삼성전자의 신상 에어컨 덕분에 집 안은 병원보다 더 쾌적하고 시원했다.

지우, 지아가 눈앞에서 재잘거리며 지나다니는 것이 꿈만 같다. 아픈 아빠 눈치를 조금 보는 듯싶더니, 이내 티격태격 쿵쿵쿵 모드로 들어간다. 아이들은 역시 시끄러워야 제맛이지. 오늘은 서로의 이름이 예쁘다며, 둘이 이름을 바꾼단다.

애들아. 너희 이름 지은 이야기해 줄까? 둘 다 아빠, 엄마가 지었단다. 작명이 너희 인생을 바꿀 거란 생각은 1도 하지 않아서, 가벼운 마음으로 둘이 앉아 장난하듯 지었어. 당시 유행하던 영어 이름으로 하기 좋은 이름 등도 고려하지 않았다.

지우는 첫째라 나름 고민을 하긴 했어. 숏리스트에는 '손민아'라는 무난하면서도 마음에 드는 후보도 있었고 여름에 태어나서 '손열음'이라는 다소 파격적인 후보도 있었다. 그러다 운명 같은 끌림이 왔어. 아빠 이름과 엄마 이름에서 한 글자씩 가져오자. 평생 아빠, 엄마가 네 이름 속에서 함께한다는 것, 멋지지 않니? 그렇게 손지우가 탄생했어. 아들이었으면 손지창이란 멋진 반반 이름을 주었을 텐데.

지아는 이제 반반으론 만들 게 없더라. '우영' 정도가 가능한데 별로 마음이 안 갔어. 그러다 '우'를 살짝 돌려서 '아'로 만들었더니, '지아' 괜찮은 거야. 이것도 이름을 섞은 느낌은 나니까. 굳이 따지면 언니 이름 형상을 본떠서 만든 상형문자라 할 수 있지. 그리고 뜻이 좋아. 한자로 품위 있을 '우(優)', 품위 있을 '아(雅)', 한자가 너무 어려워 쓸 때마다 짜증이 나겠지만, 이런 복잡한 한자는 나중에 인감도장에 새겨 넣으면 꽉 찬 느낌이 들어 폼 난단다. 평생을 함께할 자매의 이름 뜻풀이가 같다는 것도 멋지지 않니? 그렇게 우리 '우아'한 딸들의 이름이 만들어졌어.

우리 딸들, 이름 속에서도 아빠, 엄마와 영원히 함께하자. 이렇게 이 세상 최고의 이름을 만들어 줬으니, 이제 둘이 이름 바꾼다고 다투지 말자. 아빠 혼자서 너희 이름을 나지막이 불러보며 다짐한 게 있단다. 치료가 뒤로 갈수록 몸이 더 힘들어진다는데, 그래도 아빠 추한 모습 보이지 않고 너희 이름처럼 어떤 상황에서도 품위를 유지하며 우아하게 아플게. 이제 겨우 퇴원 2일 차라 언제 긴급 상황이 생겨 다시 병원으로 가야 할지 모르는 조마조마한 시간이 기다리고 있지만, 이제부터 집에서 잘해 보자, 우리 우아한 딸들.

　　삼십년지기 친구 박정효가 있다. 잘 다니던 글로벌 리서치 회사에서 와이프를 건진 후 쿨하게 사표를 내고, 행복을 10년째 공부하고 있다. 공부만 하는 게 아니라 행복 기반 교육 회사를 만들어서 단 한 번의 현금흐름 꼬임도 없이 10년 동안 사업을 해오고 있다. 본인은 운이라고 하지만 약간의 운과 대단한 사업 내공이다. 사업하며 나오는 플러스 현금흐름으로 본인은 스페인과 스위스의 대학원을 다니며 행복과 마음 챙김을 전공하며 더 체계적으로 공부했다. 내 주위에서 보기 드문 선순환 라이프를 살고 있다.

　　만날 때마다 행복에 관해 이야기한다. 처음엔 다소 어설펐는데, 10년간 유럽의 여러 학교에서 배운 학문 기반까지 더해져 이젠 제법 그럴듯하다. 이 녀석이 몇 년 전부터 내게 계속하던 이야기가 있다. 난 글 쓰는 것을 좋아하니 감사일기를 한번 써보라고. 아주 오랜 친구의 말에는 원래 무게감이 없기 마련이라 난 한 귀로 듣고 한 귀로 흘리기를 수십 번 했다. 남자들은 원래 친할수록 이런 충고는 귓등으로도 안 듣는 경향이 있다.

어젯밤, 잠을 뒤척이다가 갑자기 감사일기가 떠올랐다. 진짜 한번 써 볼까. 뚝심으로 몇 년째 내게 주입식 교육을 해온 박정효의 승리인가. 누군가가 감사일기란 걸 일생에 한 번은 써야 한다면, 나에겐 지금이 딱 필요한 시점이긴 했다. 뇌종양, 수술, 악성, 방사선, 부작용, 재발, 전이, 환자 등등 이런 부정적인 단어들이 내 삶의 주인공 행세를 하는 것을 용납할 수 없었다.

감사할 것이 전혀 없고, 생각할수록 "Why me?" 화가 나기도 하는 이 시기에 소소한 일상에서 감사하는 마음을 가져보는 것은 더 훌륭한 사람이 되기 위한 좋은 훈련이란 생각이 들었다. 그래, 내 삶을 바꿀 수 있는 좋은 습관 한번 가져보자. 하루 23시간 50분 아프더라도, 10분은 감사하자.

지금은 누워 있기만 해도 힘이 들고 몸이 푹푹 꺼진다. 내 생애 한 번도 경험해 보지 못한 완벽한 중병 환자의 모습이지만, 병원을 조금이라도 더 늦게 찾았거나, 훌륭한 주치의 선생님을 만나지 못했거나, 수술 과정에 조그만 돌발 상황이라도 만났다면, 지금보다 훨씬 더 나쁠 수도 있었다. 겉이라도 멀쩡한 모습으로 가족들과 눈을 마주치고 함께 웃을 수 있는 지금, 이 순간이 얼마나 감사한가. 아, 이렇게 시작하면 되겠다. 감사하기 쉽네. 한번 해 보자.

자, 비트 주세요. 숟가락 들 힘만 있으면 계속 감사해 볼게요.

PET CT를 찍었다. PET은 초급 영어 단어로 반려동물이잖아. 뭔가 귀여운 검사일 것 같지만 결과는 무시무시할 수 있는 녀석이다. PET은 양전자 단층 촬영의 줄임말인데, 어떤 단어들을 줄인 것인지는 궁금하지도 않았다. 그냥 귀여운 PET으로만 알고 있자.

PET CT는 방사성 의약품을 정맥주사로 맞아 온몸에 퍼지게 한 후 머리끝부터 발끝까지 CT 촬영을 하는 것인데, 암을 찾아내는 최첨단의 검사방법이다. 머리 속의 종양은 수술과 방사선 치료로 제압할 테지만, 혹시 신체의 다른 기관으로 이미 전이가 되어 있을 수도 있어서 하는 검사다.

병원에서 검사 결과에 대한 면담을 할 때 지금까진 예상 범위 중 항상 최악만을 들어왔기에 괜히 긴장이 되었다. 그래도 걱정 안 되는 척했다. 병도 어처구니없는데 겁까지 내는 건 정말 약해 보이니까. PET에는 강아지도 있고, 고양이도 있고, 새도 있고, 중얼중얼…. 그렇게 주치의 선생님을 만나러 들어갔다. 그리고 10분 후에 검사 결과를 듣고 나왔다.

다행히 오늘도 감사할 일이 생겼다. PET CT 결과에는 이상 없다고 한다. 휴. 일단, 박수 한번 치자.

아픈 기억, 모든 것이 조심스럽던…

우리 딸들에게.

이제 곧 시작하는 방사선 치료도 부작용이 제법 있다는데, 일단 정신 멀쩡할 때 아빠가 당부 몇 가지 할게. 아빠가 이런 꼰대 짓 하는 거 살면서 몇 번 안 될 거니 이해해 줘.

첫째, 만 20세가 되면 성인식이란 걸 할 거야. 향수, 장미, 키스를 선물하는 날이라고 광고 메일도 엄청나게 날아올 건데 이 중 향수, 장미까지만 해라. 그리고 절대로 편의점에서 가장 싼 양주 사 와서 친구들끼리 마시지 마라. 그거 마시면 며칠간 부모 얼굴도 몰라본단다. 아빠가 그날 마시려고 좋은 와인 사서 와인셀러에 넣어뒀으니, 집에서 가족끼리 마시자.

둘째, 완벽한 척하며 사는 것은 상당히 피곤하단다. 실수 좀 하면서 살아라. 아빠도 외모 빼곤 완벽한 게 없단다. 넘어질 때마다 툭툭 털고 일어나면 된다. 안 넘어지는 사람보다 잘 일어나는 사람이 더 매력 있단다.

셋째, 남들의 인정과 칭찬을 위해 살지 마라. 좋아요 숫자도 아무것도 아니란다. 스스로의 만족과 행복이 가장 중요하더라. 주변 모두를 만족시킬 필요는 없단다. 그건 천하의 누텔라도 해내지 못하는 것이란다.

넷째, 어려운 일이 생겼을 때 혼자 끙끙대지 마라. 기도할 수 있고, 기도하면 되는데 혼자 모든 걸 해결하려고 애쓰지 마라. 금전적인 문제가 있다면 아빠한테 계좌번호만 찍거라. 이유 따위는 묻지 않고 달러 빚을 내서라도 보내 줄게.

다섯째, 나중에 커서 남자를 고를 때 상남자 좋아하지 마라. 대부분 상남자가 아니라 그냥 상놈이다. 아빠 같은 사람을 만나라. 술, 담배 안 하고, 화 잘 안 내고, 가족 여행 좋아하는 사람으로. 사투리 쓰는 것만 좀 참으면 된다.

여섯째, 기념일 날 '남자친구 자유이용권 3회' 따위의 쿠폰을 주는 남자는 절대 만나지 마라. 내 경험상 가장 성의가 없는 놈들이다. 돈이 없으면 이태원 길거리 리어카에서 귀걸이라도 좋으니 만져지는 것을 예쁘게 포장해서 주는 사람을 만나라. 이 말은 너희 엄마가 폭풍 공감할 거야. 프러포즈를 결혼 일주일 전 편지 한 장으로 퉁친 남자와 12년째 살고 있으니.

일곱째, 공부 잘하는 남자는 있어도 현명한 남자는 없단다. 남자 10명 중 3명은 나머지 7명처럼 어리석단다. 그러니 커서 정상적인 가정을 꾸리기 위해선 너희가 현명해져야 한다. 다행히 너희에겐 세상에서 가장 현명한 엄마가 있으니, A부터 Z까지 엄마의 모든 것을 배우기 위해 노력해라.

다음에 생각날 때 또 쓸게. 위에 내용 다 까먹어도 되니, 마지막 문장만 마음속에 북마크 해놓거라. 아빠가 해 주고 싶은 말은 사실 그게 전부다. 엄마처럼만 살아라.

방사선 치료가 시작되었다. 8월 13일에 시작할 거라 생각했는데, 예정보다 일주일 당겨서 호출되었다. 집에서 좀 더 쉬면서 몸을 회복하고 싶었는데, 하긴 일주일 더 쉰다고 뭐가 달라지겠는가. 긴 여정 동안 어떤 괴물이 기다리고 있을지 아는 게 없으니 겁날 것도 없었다. 오늘부터 6주간 머리 시원하게 지져보자.

방사선 치료 자체는 하루 5분 내외지만, 그 준비 과정은 한 시간 정도 걸린다. 병원에 도착하면 접수하고 환자복으로 갈아입는다. 겉은 멀쩡한 정상인을 한순간에 환자의 몸과 마음으로 바꿔주는 의식이다. 병원 복도 의자에서 머리에 두건을 쓴 환자들과 함께 대기한다. 다들 묵언 수행 중인 듯 복도가 쥐 죽은 듯이 고요하다. 30분 정도 멍 때리고 있으면 내 차례가 온다. 토모테라피실이란 곳에서 치료를 하는데, 방사선 기계를 내 사이즈에 맞게 세팅하고 워밍업하는 데 10분 정도 소요된다.

때를 밀기 위해 신성한 마음으로 목욕탕 침대에 눕는 기분으로, 방사선 기계에 반듯하게 눕고 나면 마스크를 타이트하게 씌워 준다. 내 얼굴에 맞게 미리 본을 떠 놓고, 머리가 움직이지 못하게 압착해서 쓰는 마스크다. 워낙 강하게 눌러서 코가 0.1cm 정도는 낮아진 것 같다. 그래도 이 마스크를 쓰면 아이언맨이 된 듯 마음이 편해진다. 마스크 쓰는 것을 좋아하다니, 변태인가 보다. 그리고 기계가 날 태우고 계속 앞뒤로 움직인다. 정확하게 쏘려면 영점 조절을 잘해야 하니까. 잠시 후 '치키치키 치키치키' 기분 나쁜 기계음이 들린다. 이 소리가 방사선 치료의 시작이다.

방사선 치료 자체는 아프지 않다. 다만 치키치키 소리가 묘한 공포 분위기를 조성한다. 하지만 괜찮다. 우린 지금껏 얼마나 기분 나쁜 소리를 많이 들으며 자랐는가. "엄마 모시고 와라. 엎드려뻗쳐. 옥상으로 따라와. 눈깔아." 등의 말뿐만 아니라 손톱으로 칠판 긁는 소리, 노래방 마이크의 갑작스러운 삑 소리 등도 견디며 살아왔다. 이 정도 기계음엔 끄떡도 안 한다.

치료 이후엔 기분 나쁜 두통이 찾아왔지만 아직은 견딜 만했다. 이제 시작이구나. 후유증을 얼마나 최소화할 수 있느냐의 싸움이다. 뭐, 별거 있겠어? 토모테라피 선생님, 잘 부탁드립니다. 나랑 같이 남은 종양을 잘 무찔러 봐요.

첫날은 이렇게 흘러갔다. 악명 높은 방사선 치료가 이 정도 수준이라면 감사하다. 집에 와서 저녁을 먹고 나니 온몸에 피

곤이 밀려왔다. 두통은 여전했다. 이게 오늘 받은 방사선 치료 때문인지 수술 때문인지 긴장으로 인한 스트레스 때문인지는 모르겠다. 그래도 우리에겐 무적의 진통제가 있다. 진통제 하나 먹고 나니 이유식을 배불리 먹은 아기처럼 스르르 잠이 왔다.

자, 이제 29번밖에 안 남았다. 잘 버텨보자. 우아하게.

세 번째 방사선 치료 날. 남양주에 살면 "꼬끼오, 멍멍, 꼬끼오, 음매~." 소리로 아침을 맞이할 것 같지만, 갤럭시 노트 알람 소리 morning flower로 고급스럽게 잠에서 깬다. 그 후 내 몸이 정상적으로 작동하는지 이것저것 테스트해 본다. 오늘도 멀쩡하군. 그러면 지금 일어나도 할 일이 없음을 확인하고 다시 잠에 빠진다. 나에게 아침은 12시까지라, 그전에만 일어나도 성공한 사람들의 상징인 아침형 인간이 된다. 세상살이 서두를 필요가 전혀 없네.

토모테라피 기계 소리와 이상한 냄새는 적응 중인데, 사실 가장 불편한 것은 싸늘하게 식어버린 입맛이다. 끼니 때마다 속이 너무 메스껍다. 오늘 점심은 고단백 영양식으로 생선, 두부, 삶은 계란 위주의 반찬이 나왔다. 보자마자 오바이트가 나올 것 같았다. 때아닌 음식 투정을 하게 된 셈이다. 의사 선생님께 왜 그런 건지 여쭤보았더니, 방사선 치료를 하면 다들 입맛을 잃는다고 심드렁하게 말씀하셨다. 표정은 마치 "밥투정하지 말고, 그냥 주는 대로 잘 처먹으세요."라고 하시는 것 같았다.

오늘은 메스꺼움이 극에 달해 진짜 토할 것 같아 치료를 마치고 오는 길에 빵집에 들렀다. 지영이가 맛없는 유럽식 빵 몇 개를 사는 동안 난 몰래 시식 접시에 담겨 있는 모든 빵을 다 집어 먹었다. 아, 얼마만의 밀가루 음식인가. 시식이 이렇게 행복할 수 있다니.

예전에 '세상에 이런 일이' 같은 프로그램에서 일본의 한 할머니가 탄산음료를 매일 드시고도 100세 이상 건강하게 살고 계신다는 내용을 본 것이 떠올랐지만, 양심상 콜라까진 마시지 않았다. 날 잡고 할인점에 가서 시식 뷔페나 먹어야겠다.

　　방사선 치료 시간은 매일 오후 3시 45분이다. 시간이 애매해서 바꾸고 싶은데, 방사선 선배들이 좋은 시간대는 다 차지하고 있었다. 아직은 장모님께서 병원까지 라이드해 주고 계시는데, 조만간 학생처럼 지하철 타고 혼자 다니는 것이 목표다.

　　매일 나와 동행을 하는 목소리들이 있다. 병원 가는 길엔 컬투쇼를 듣고, 돌아오는 길엔 붐붐파워를 듣는다. 컬투쇼는 정찬우가 빠졌지만 게스트들이 나와서 엄청나게 웃겨 대고, 붐의 저렴한 멘트들은 완전 내 개인취향을 저격한다. 이들이 애드리브 아카데미를 차리면 수강 신청하고 싶다. 남양주에서 신촌 세브란스를 오가는 지루한 길이 이들 덕분에 그나마 즐겁다. 환자들은 큰 소리로 웃는 게 좋다고 하니, 날 좀 더 웃겨 주길.

　　육성으로 웃을 일이 별로 없는 일상 속에서, 오고 가는 시간대의 두 라디오 프로 덕분에 빵빵 터질 수 있어 감사하다. 아직 입원 중인 세브란스의 모든 동기생 환우에게 추천하고 싶다.

평소 나의 몸무게는 웰터급(67kg)이었는데 지금은 4주 만에 5kg이 빠져 겨우 라이트 웰터급에 턱걸이를 하고 있다. 환자가 살 빠져 보이는 것만큼 불쌍한 것도 없다. 살을 좀 찌우고 싶은데, 입맛이 매일 역대 최저치를 경신해가고 있다. 어제보다 더 메스꺼운 오늘의 반복이다.

콜라 한 캔 벌컥벌컥하고 5초간 시원하게 트림 한 번 하고 나면 이 괴로움이 잠시나마 날아갈 것 같지만 내가 그렇게 막 나가는 캐릭터는 아니다. 난 깡패가 되었어도 삥을 뜯고 현금영수증을 끊어 주었을 것 같은 바른 사람이다. 와이프가 탄산음료 포함 먹지 말라고 한 건 당분간 안 먹겠다.

오늘은 심지어 밥을 먹는 생각만 해도 속이 울렁거렸다. 이런 날 위해서 코스트코에서 평소 그렇게 좋아하던 카레와 닭을 사 왔는데도, 그 끝판왕 메뉴들마저 위와 장의 지령을 받은 나의 혀가 거부했다. 그래서 다시 호박죽을 사 왔다. 호박죽 역시 땡기진 않았지만, 그거라도 안 먹으면 나를 위해 차려질 고단백 저녁 식사를 도저히 먹을 자신이 없었다.

브라보, 역시 호박죽은 나의 한 끼 전쟁을 승리로 이끌어 주었다. 호박 세계에선 신데렐라 마차로 변신했던 호박 이후 최고의 역할을 한 호박이 탄생한 것이다. 넌 12시가 지나도 변신하지 말고 내 배 속에서 건강하게 머물러 주길.

　　오늘은 처음으로 오전 진료를 봤다. 방사선 교수님과 면담이 9시 20분에 잡혀 있다고 문자가 와서, 급히 8시 30분 치료로 시간을 옮겼다. 병원에서 예정일이 아닌데 보자고 하면 일단 긴장이 된다. 신경외과가 아닌 방사선과에서의 연락이라 조금 낫긴 했지만. 병원에서 별거 아닌 거로 문자 보낼 땐 끝에 웃음 표시 이모티콘 하나 붙여줬으면 좋겠다. 받는 사람들은 심장 떨어지니까.

　　월요일 출근길 강변북로라 엄청 막힐 줄 알았는데, 빨리 가서 면담을 받으라는 의미인지 고속도로가 뻥뻥 뚫렸다. 아직 휴가 시즌이구나. 예정보다 병원에 일찍 도착해서 집에서 싸 온 야채 스프와 먹다 남은 호박죽으로 아침을 대신했다. 지영이는 Jamba Juice에서 스무디와 샌드위치를 시키길래 뺏어 먹었다. 그렇게 맛있는 걸 아픈 사람 앞에서 혼자 먹는 건 동업자 정신에 어긋나지.

　　이로써 어려운 식사 한 끼를 무난하게 해결했다. 그리고 9시 20분 시간에 맞춰 방사선 교수님을 찾아갔더니, 간호사가 우릴

보고 매주 화요일 오후 진료인데 왜 오늘 왔냐고 물었다. 네가 문자 보냈잖아요. 알고 보니 어처구니없이 간호사가 진료 문자를 잘못 보낸 것이었다.

수술 시간 바뀐 것에 비하면 이 정도는 애교지. 간호사 선생님, 운 좋은 거예요. 다행히 우리 부부는 화를 잘 내지 않는답니다. 이번 주는 광복절 휴일도 껴 있어서 마음이 더 여유롭답니다. 지방에서 오시는 분이나 진상손님 걸렸으면 어쩌려고 이 바쁜 월요일 오전에 실수를 했나요.

다음 주 화요일에 오겠다고 웃으며 돌아섰다. 모르는 사람이 봤으면 내가 오락가락해서 시간 착각한 거로 알았을 듯. 아무리 아파도 화내지 않고 용서를 해 줄 수 있는 넉넉함이 아직 남아 있음에 감사한다.

　　광복절 휴일이라 방사선 치료가 없는 것을 기념하여 이제 재미없는 방사선 치료 이야기는 잠시 접어두고, 대신 기분 좋은 상상이나 하자. 먹고 싶은 음식? 그거 좋네. 지금 내 침샘을 자극하는 음식들은 아래와 같다.

　　베이징 덕, 고춧가루 팍팍 뿌린 자장면, 훠궈, 마라탕, 딤섬, 밀탑 팥빙수, 벽제갈비 양곰탕, 맥도널드 더블 쿼터파운드 치즈 세트, 코스트코 핫도그 세트, 알리오 올리오에 엔쵸비, 복숭아, 체리, 수박, 파인애플, 연양갱, 하와이 훌리훌리 치킨, 쌀국수, 잔치국수, 똠양꿍, 곱창, 버터 듬뿍 바른 프렌치토스트, 홈런볼, 꿀꽈배기, 죠리퐁, 콜라, 고딩 때 뺏어 먹던 친구들 도시락 반찬…

　　써놓고 보니 연양갱은 좀 부끄럽다. 이빨 몽땅 빠진 사람도 아니고. 입덧 심한 임산부처럼 입맛은 없지만, 먹고 싶은 음식이 이렇게 많이 떠오름에 감사한다.

　　내가 경험한 수술실은 차갑고도 따뜻한 곳이었다. 병실에서 대기하다가 건장한 청년들이 끌고 온 수술대에 눕고 나면 수술실까지 긴 여행을 한다. 가족들의 울음소리를 뒤로하고 수술실로 들어가는 장면은 영화나 드라마에 양보하고, 수술실 문 앞에서 가족들과 웃으며 다소 건조하게 "안녕~!" 하며 헤어졌다.

　　여기가 수술실이구나. 이제 정말 혼자 남겨졌다. 수술실은 차가운 공기가 감싸고 있었다. 그래, 수술실이 따뜻해도 이상하겠다. 병균들만 좋아하겠지. 주위를 둘러보니 다른 환자들이 본인 차례를 기다리며 조용히 누워 있다. 그중 한 아기가 눈에 들어왔다. 아직 돌도 안 지났을 것 같은 조그만 아기가 엄마 품에 꼬옥 안겨 있다. 저 엄마의 마음은 지금 얼마나 찢어질까. 우리 아기, 꼭 쾌차하길.

　　수술을 기다리는 환자들 모두 눈을 지그시 감고 있다. 뇌수술을 앞둔 사람이 할 걱정은 아니지만, 다들 얼마나 불안할까. 한 명 한 명 손을 잡아 주고 싶었다. 우리 아이들이나 다른 가족이 아니라, 내가 여기에 누워 있다는 것이 얼마나 다행인지. 그래, 수술실 밖에 있는 것보단 안에 있는 것이 낫다. 아픈 사람이 나라서 너무 감사했다. 잔잔한 음악이 흐르고 눈을 잠시 감았다 뜨니 천장에 적혀 있는 글씨가 보였다.

'두려워하지 말라. 내가 너와 함께함이라 (이사야 41:10).'

조금 전엔 없었던 것 같은데 방금 날 위해 누군가가 내려와 써 놓은 것 같은 기분이 들었다. 잠시 후 한 여자분이 옆에 오셨다. 전생에 경복궁에 살았을 것 같은 단아한 인상이었다.
"기도해드릴까요?"
"네."
내 손을 잡더니 기도를 시작했다. 기도 내용은 잘 기억이 나지 않지만, 두려워하지 말라는 말은 귀에 쏙 들어왔다. 주일날 눈으로만 보던 성경 말씀이 처음으로 내 마음에 들어왔고, 이사야서가 열어놓은 마음속으로 기도가 전달되었다. 차가운 수술실에서 마음이 따뜻해졌다. 세브란스, 참 좋은 병원이다.

기도가 끝나자마자 수술대가 다시 움직였다. 수술대기실에서 진짜 수술하는 공간으로 들어갔다. 엄청나게 많은 기계가 보였다. 저 많은 기계와 공구들을 다 쓰는 수술인가? 사람 하나 잡겠구먼. 원래 처음 경험하는 공간은 신기한 법이다. 구석구석 열심히 살펴보았다. 아, 톱을 찾아보자. 머리 수술을 위해선 톱을 사용한다는데 눈으로라도 인증샷을 찍고 싶어 이곳이 철물점인 양 열심히 톱을 찾았지만 보이지 않았다. 아직 마취 전이라 무서운 장비들은 들어오지 않은 것 같았다. 수술실은 정신건강에 해로운 곳이구나. 빨리 잠들자.

잠시 후 한 무리의 사람들이 나에게 다가왔다. 이제 진짜 시작이구나. 그중 한 명이 자기소개를 했다. "전 마취과의 아무개입니다. 지금부터 마취를 시작하겠습니다. 숨 크게 쉬세요." 그리고 10초 후 난 거짓말처럼 깊은 잠에 빠졌다. 마취에 들기 전, 난 마지막으로 "두려워하지 말자. 나와 함께하시니. 그리고 나라서 감사합니다."를 나지막하게 속삭였다. 살짝 미소까지 지었다. 미소를 머금고 마취에 빠진 사람의 모습은 어땠을까.

그리고 난 정확히 12시간 후에 깼다. 의사와 간호사들이 분주히 뛰어다니던 중환자실이었고, 산소호흡기를 달고 있었고, 온몸은 결박되어 있었지만, 다시 만난 세상이 참 감사했다. 오늘, 수술실에 들어간 그날로부터 딱 한 달이 흘렀다. 긴 꿈을 꾼 것 같다. 그래, 나 잘하고 있다. 살아 있음에 감사한다.

힘들 때 단 하나의 문장이 힘이 되어 줄 때가 있다. 최근 나에게 힘이 되어주는 말은 "강해지고 싶다면 강해져라."이다. 이렇게 멋진 말이 있다니. 〈타이탄의 도구들〉이란 책에서 이 문장을 처음 봤을 때 '식스센스'의 "I see dead people.", '터미네이터'의 "I'll be back.", '토이스토리'의 "to infinity and beyond."를 들었을 때처럼 임팩트가 강했다.

미 해군 특수부대를 20년간 지휘했고 세상에서 가장 강하게 생긴 조코 윌링크가 한 말이다. 이 문장뿐만 아니라 그가 했던 멘트들이 인터넷과 유튜브에 넘쳐났는데, 하나같이 주옥 같았다. 그는 최고의 명언 제조기였다. 말도 잘하는 효도르라고 보면 된다.

"If you want to be tougher, be tougher." 네, 조코 형님. 그러겠습니다. 이 문장을 저에게 주셔서 감사합니다. 혹시 시간 되시면 UFC에 한번 나와주세요.

친구 한 놈이, 카톡으로 아랫글을 보내줬다. 아… 기억난다. 추억의 글. 20년 전이었고, 천리안, 하이텔, 나우누리, 유니텔이 전화선을 타고 천하를 다스리던 시절이었다. 내가 친구들과 놀던 홈페이지 게시판에 끄적거린 글을, 당시 PC통신계에서 한글 800타로 인간문화재급 추앙을 받던 친구 녀석이 나우누리 게시판에 몰래 퍼갔고(근데 지금 보니 [펌]이라고 써놨네), 어이없게 이 글이 오늘의 유머에 뽑혀서 하루 동안 나우누리 메인 페이지에 올라가 있었다. 유니텔 유저이던 난 한참 후에야 이 사실을 알게 되었다.

나도 까먹고 있던 이 글을 갑자기 떠올리고 구글링해서 기어이 찾아 내게 보내준 친구 홍성진은 부산에서 고깃집을 하는데, 이럴 때마다 FBI 요원이 아닐까 의심이 된다. 20년 만의 나의 글, 참 반갑다. 이 정도 추억은 저장이 필요하다.

[펌]

금요일이었다.

후배 몇 명을 만나서 가볍게 맥주를 한 병씩 마시고 있었다.

첨 보는 맥주였는데, 이름이 'STOUT'였다.

외국물을 먹은 친구까지 있었지만,

정확하게 그 뜻을 아는 사람이 없는 것이 아닌가.

후배들이 날 쳐다보는 눈빛이, '형은 믿어요.'

난 모르는 것은 직접 찾아보는 습관을 가져야 한다며, 후배들에게 스스로 찾아보라며 일단 위기를 넘겨 놓고, 친구 A에게 문자를 보냈다.

'STOUT 뜻이 뭔지 사전 찾아봐라.'

정확히 2분 후 세 번의 짧은 진동… 문자가 도착했다.

친구 A왈, '오락실이다.'

난 자신 있게 후배들에게 거만한 표정을 지으며

"그래… 내가 뜻을 가르쳐줄게. STOUT는 오락실이란 뜻이야."

오락실? 오락실?

후배들이 이상하다는 표정으로 고개를 갸우뚱거리자, 난 눈에 힘을 줘가면서

"오락실 맞다니까. 술값 내기 할까? 할까?"

나의 확신에 찬 목소리에 그들은 꼬리를 내렸다.

"STOUT가 오락실이란 뜻이구나. 근데 왜 맥주 이름이 오락실일까?"

난 또 나름대로 자신 있게 설명해 주었지.

"오락실에서처럼 재밌게 즐기면서 마시라고…."

그리고 시간이 흘러흘러 재미있는 시간을 보내고 기분 좋게 맥주 한 병 마시고

모두 헤어지고 집으로 돌아와서 책상에 앉았는데

마침 사전이 눈에 보이길래 흐뭇한 미소를 지으며 사전을 펴고 STOUT를 찾았다.

**STOUT : a.뚱뚱한, n.흑맥주**

헉, 이런 날벼락이!!!

당황한 나. 친구 A에게 바로 확인했다.

친구 A왈, "아, 그거? 나 오락실이라고, 그래서 사전 못 찾는다고."


하, 20년 전의 글을 보고 있으니 눈물이 핑 돌았다. 그때도 지금과 결이 비슷한 글을 썼구나. 이런 일관성 좋다. 참고로 친구 A는 지금 JTBC에서 일하고 있는 한경훈 PD고, 내가 오락실이라고 할 때 고개를 갸우뚱거린 후배 두 명 중 한 명은 우연히도 똑같은 JTBC의 일본 특파원 윤설영 기자고, 또 한 명은 지금 내 아내가 되어 있다.

난 가나다, ABC, 123보다는 DO-RE-MI가 더 좋았다. 초등학교 1학년 때 어머니가 피아노 학원을 보내주셨는데 딱히 그만두라는 말씀도 하지 않으셨고 나도 그만두겠다는 말을 하지 않았다. 순종하는 아들이었다. 그래서 남자아이로는 드물게 중2 때까지 피아노를 쳤다. 그때 어머니께서 주산학원에 보내셨다면 난 피타고라스가 되어 있겠지.

고등학교 땐 학예회에서 피아노를 치면 인기를 끌 것 같다는 생각에 어머니를 졸라 키보드를 샀다. 난 그 키보드로 학예회에서 교실 하나를 노래방으로 만들었다. 그 방의 이름은 '물랑루즈'라 지었다. 고등학생들의 머리에서 나올 수 있는 가장 로맨틱한 단어였다.

100곡을 선곡해서 벽에 붙여 놓고 신청곡이 들어오면 연주해 줬다. 그땐 툭 건드리면 100곡이 나오던 시절이었다. 나중에 나도 노래 한 곡 해 보라는 요청이 들어왔다. 현재 SKT 부장인 박재성이 분위기를 주도했다. 마침 주변 여학교 학생들의 좌석 점유율이 높았다. '그래, 제가 손창웁니다. 한 곡조 뽑겠습니다.' 겁 없던 시절이라 무조건 오케이였다.

난 김건모의 '첫인상'을 불렀다. 나의 애창곡이던 이승환의 '세상에 뿌려진 사랑만큼'을 안 부르고 왜 난이도 높은 '첫인상'을 선곡했는지 지금도 미스터리다. 얼굴이 벌게질 정도로 열심히 부른 후 주변을 둘러봤다. 많은 눈빛이 내게 메시지를 보내고 있었다. '시켜서 미안하다. 키보드 치면 노래 잘하는 줄 알았지. 시킨다고 하냐? 내 귀 어쩔. 이제 건반만 치자. 아냐, 건반도 치면 안 되겠다.'

노래는 못했지만 100곡을 자유자재로 치던 연주자가 이제 외워 칠 수 있는 곡은 5곡 정도다. 그래도 그 5곡은 평생 까먹지 않을 자신이 있었다. 그런데 지금 내 앞에 놓인 피아노 덮개를 못 열겠다. 혹시 최후의 5곡마저 기억나지 않으면 어쩌지. 허공에 대고 시뮬레이션을 해 보니 아직 손가락은 기억하고 있는 것 같다. 그래도 다음에 치자.

물랑루즈에서부터 나랑 한평생 같이해 주고 있는 5곡, 내 손가락 위에 여전히 머물러줘서 고맙다. 우리 딸들 결혼식 때 아빠가 이 중 한 곡을 연주하며 축가를 불러 줄게. 각오는 해야 할 거야. 부끄러움은 너희 몫이거든.

방사선 치료를 마치고 크게 어지럽지 않으면 학교로 잠시 내려가 본다. 새내기 때가 벌써 23년 전이라니 믿기지가 않는다. 삶에서 저지를 수 있는 가장 큰 실수 중 하나는 너무 일찍 청춘을 끝내고 늙어버리는 것이라는데, 다행히 난 여전히 마음은 대학생이다. 캠퍼스에 웬 아기들이 대학생이라고 가방을 매고 걸어 다니는 것이 적응이 안 될 뿐.

몇 년 전 학교를 포크레인들이 엎어버려서 지금은 완전 다른 학교가 되어 있다. 송도에도 캠퍼스가 생겼다. 백양로가 우리 학교 다닐 때 모습이 아니라 조금 서운하긴 한데, 훨씬 멋지게 변한 건 인정한다.

중앙도서관 앞 활천대 분수와 연못도 없어졌다. 아, 학교 잔디밭에서 친구들과 술을 마시다 서로 빠뜨리던 곳인데. 우린 무릎까지 오는 물 깊이에도 충분히 익사할 수 있을 만큼 술을 많이 마셨다.

이제 친구를 물에 빠뜨리는 낭만은 사라져 버렸겠다. 친구 몸값보다 휴대폰이 더 비싼데 함부로 빠뜨리면 안 되지. 방수가 되는 휴대폰이 나와서 이제 좀 마음 놓고 던질 수 있게 세상이 변했지만, 이번엔 빠뜨릴 활천대가 없어져 버렸네. 아기 같은 대학생들, 구석구석에서 추억들 많이 쌓길. 20년 후엔 대부분 사라질 것들이니.

아이들이 계속 개나 고양이를 키우자고 한다.

아빠도 키우고 싶지. 그런데 아빠는 그런 말을 할 입장이 아니란다. 이 집의 최대 주주는 외할머니고 대표이사는 엄마거든. 아빠는 그냥 바지사장. 그리고 백번 양보해도 지금은 아닌 것 같다. 지금 아빠 꼴 좀 봐라. 지금은 아니야. 아이들을 설득하기 시작했다.

"반려동물 키우는 건 다음에 생각하자. 지금 온 가족이 아빠 하나 키우기도 힘들어. 외할머니랑 엄마 고생하고 있는 거 보이지? 당분간은 아빠 하나만 잘 키우자."

반려남편, 지금 딱 내 상황이다. 가족들의 사랑과 보살핌이 없으면 하루하루 버티기도 힘든.

그래도 반려남편은 키울 만할걸. 비록 강아지만큼 귀엽지도 않고 주는 대로 잘 먹는 건 아니지만, 말도 잘 알아듣고 똥오줌도 잘 가리잖아. 고양이보다 훨씬 손이 많이 가고 깔끔하지도 않지만, 가족들을 보면 갸르릉 거리고 다가가 온몸을 잘 비벼주잖아. 머리가 빠져서 앵무새처럼 멋진 헤어스타일은 아니지만, '사랑해, 사랑해' 반복해서 말도 잘하고 새벽에 시끄럽게 울지도 않잖아.

아빠부터 잘 키워보자. 절대 거실의 반려식물들처럼 어떤 애들은 바싹 말려 죽이고, 또 어떤 애들은 물을 너무 줘서 익사시켜 죽이지 말고. 반려아빠 키우긴 쉬워. 밥 하루에 세 번, 물 2리터 먹이고, 사랑한다는 말 많이 해 주면 알아서 잘 클 거야. 같이 잘 키워 꽃을 피워 보자.

수술 후 6주가 흘렀다. 내 몸 상태를 궁금해하지만 연락은 차마 못 하고 있는 주위 사람들에게 내 근황에 대한 업데이트가 필요한 시점이다. 다시 차분히 지난 한 달을 떠올려 보자.

최근 내 삶을 지배하던 세 가지를 한 방에 제거한 삶을 살고 있다. 빼곡하던 스케줄러, 숫자들이 가득한 엑셀, 그리고 전자파. 이 중 전자파는 과학적 근거는 별로 없는 것 같긴 하지만, 뇌종양의 원인 중 하나일 수 있다는 글을 접한 후 "그래, 이것 때문이라 치자."며 멀리하고 있다. 휴대폰과 노트북은 내 동선에서 떨어뜨려 놨다.

그러다 보니 오다가다 휴대폰으로 초안을 써 놓고 노트북으로 업로드하던 글쓰기 습관이 비집고 들어올 틈이 없었다. 그래서 8월은 근황 글을 건너뛰려 했다. 얼마나 건강한 핑계인가.

주말을 맞아 지영이가 지우, 지아를 데리고 키자니아로 떠났다. 나보다 더 힘든 하루하루 일정을 소화 중인데, 난 집에서 좀 쉬라며 조용하고 시원한 집을 남겨주고 떠났다. 근데 환자 혼자 놔둬도 되나? CCTV라도 달아 놓자.

이 시간을 집에서 늘어져서 낮잠이나 영화로만 보내는 것도 뭔가 동업자 정신에 어긋나는 것 같았다. 그래서 노트북을 켜고 브런치에 접속한 다음, 나의 8월을 담담히 만나는 시간을 가지기로 했다.

어디서부터 시작해야 하나. 7월 말 퇴원 후 집에서 일주일 요양하고 곧바로 방사선 치료를 시작했다. 매일 5분 정도의 치료를 위해 남양주에서 세브란스를 통원하고 있다. 총 30회 차 중 이제 14회 차가 마무리되었다. 정말 오래 한 것 같은데 아직 반환점도 돌지 않았다니. 방사선 치료 자체는 힘들지 않은데 횟수가 누적될수록 부작용들이 나타나기 시작한다.

우선 코가 상당히 민감해졌다. 주요 치료 부위인 뒤통수와 코가 어떻게 연결되어 있는지는 모르겠지만, 그렇게 무감각하게 40년을 살아온 내 코가 갑자기 활성화되었다. 마음은 지코인데, 현실은 개코라니.

거실 소파에 앉아 있는데 누군가가 저 멀리 냉장고 문을 열면 이내 냄새가 우회전 두 번 하고 내게 다가와 코를 후벼 판다. 이 과정에서 1차 저지선 역할을 해야 할 코털 전사들은 아무런 역할도 못 한다. 냉장고를 청국장, 마늘, 홍어, 두리안, 취

두부, 고수 등으로 꽉꽉 채워 넣은 것도 아니고 평소와 다를 바 없는 내용물들인데, 냄새들은 각자의 역한 부분들만 뒤섞여 캡슐 모양으로 뭉쳐진 후 내 코에 쏘옥 들어와 터져버리는 것 같다. 길거리에서 나와 우연히 마주치면 트림은 제발 말아주길. 일주일간 뭐 먹었는지 모조리 다 맞힌 후 절교하자고 할 테니.

지영이의 설명에 따르면, 여자들이 임신하면 딱 이렇단다. 그동안 지영이가 임신하고 냄새에 민감하게 반응할 때 빈말로라도 진심 어린 걱정을 안 해 줬던 것 같아 미안해졌다. 이런 기분이었구나. 세상의 모든 남자에게 알려주고 싶다. 개코로 좀 살아보니, 이거 사람이 할 짓이 아니다. 임신한 와이프가 먹고 싶다는 게 있다면 다 사 주고, 매일 구석구석 뽀닥뽀닥 목욕해서 인간 페브리즈가 되길. 그리고 지하철을 탈 때 본인이 냄새가 난다 싶으면 감히 임산부석 근처에 서성이지 말길.


두 번째, 개코의 연장선에 있는 증상이겠지만 입맛이 여전히 없다. 그것도 더럽게 없다. 건강식 위주로 먹다 보니 살이 5kg 정도 빠지길래 일단 방사선 치료를 받는 동안엔 체력과 몸무게를 유지하자며, 먹고 싶은 음식들을 무조건 많이 먹고 보는 거로 기조를 바꾸었다. 그래도 개코와 식어버린 혀를 아래위로 장착한 상태에선 먹고 싶은 메뉴를 찾아가도 숟가락이 잘 가질 않았다.

세 번째, 현기증과 두통이다. 갑자기 몸을 움직이거나 뇌압이 높아지는 상황이 생기면 이 둘이 사이좋게 따라온다. 이건 몸의 움직임을 최대한 자제하는 거로 1차 예방을 하지만, 조금 지속될 경우 진통제로 해결한다. 그동안 시계의 초침처럼 남들보다 빠릿빠릿하게 움직였다면, 요즘은 살아 있다는 것을 확인시켜 줄 정도로만 천천히 움직인다. 원래 난 생각은 안단테로, 행동은 비바체로 하는 것에 익숙하지만, 이젠 둘 다 안단테로 통일하고 있다. 천천히 사는 거지 뭐.

네 번째, 방사선의 베스트 프렌드인 탈모다. 난 탈모가 서서히 진행될 줄 알았다. 3주 차 정도부터 빠지기 시작할 거라는 이야기는 들었는데, 3주 차가 되니 하루아침에 머리가 몽창몽창 빠지기 시작했다. 머리야 내가 두상 깡패라 크게 신경을 안 썼지만, 손에 한 웅큼씩 빠지는 머리카락을 보면 기분이 상당히 안 좋다. 게다가 내 머리카락들은 심한 곱슬이라, 내가 봐도 참 꼴 보기 싫게 생겼다. 그리하여 지금은 힙하고 트렌디하고 용기 있는 젊은이들만 꿈꿀 수 있다는 골룸 헤어스타일이 완성되었다.

방사선 치료는 후반부로 가면서 이런저런 부작용들이 더 추가되면서 컨디션이 계속 우하향한다고 하는데, 6주라는 긴 시간이 주는 압박감이 상당하다. 이제 겨우 절반 정도를 했는데, 남은 3주는 어떤 괴물들이 숨어 있을지.

그래서 오늘 산책을 하면서 이미 받은 절반의 치료를 머릿속에서 지워버렸다. 남들은 6주간 치료받는데, 난 별거 아니라 앞으로 3주만 받으면 되는 거로 치자. 6주는 길지만 3주는 버틸 만하잖아. 주말에 컨디션과 기분을 최대한 회복해서, 다음 주부터 3주간 깔끔하게 치료받자.

지금 아무도 없는데, 콜라 한 캔 원샷하고 쌍쌍바 하나 시원하게 먹고 나면 컨디션이 진짜 좋아질 것 같지만, 고딩 때 집에 혼자 있다고 문 걸어 잠그고 19금 영화를 보는 것처럼 그런 양아치 짓은 하지 말자. 몇 개월이 지나 겨울이 되면 몸은 정상 궤도로 올라오겠지. 새싹 같은 검은 머리들도 다시 나기 시작할 테고. 바라옵건대 이번엔 제발 반곱슬 정도로 나타나 주길.

　　나의 일과는 이렇다. 아침에 7~8시쯤 눈을 뜬다. 물론 새벽에 세네 번은 깨서 뒤척이는 불면의 시간을 보내지만, 그래도 수면시간 중 꿀잠 비중이 조금씩 높아지고 있다. 아침을 먹고 아이들 등교와 등원을 돕는다. 11살 지우는 이제 손이 거의 가지 않지만 6살 지아는 미적거리기 선수라, 등원 준비를 돕는 데 상당한 시간과 인내력이 필요하다. 밥 먹이고 씻기고 치카치카하고 옷 입고 로션 바르고 머리 묶고 유치원까지 데리고 가서 어색한 배꼽인사로 헤어지는 데까지 두 시간은 족히 걸린다. 모든 상황이 종료되고 집으로 돌아오면 거의 10시쯤 된다.

　　집 청소라도 하며 가사를 분담하고 싶은데, 아직 청소를 할 컨디션까진 안 된다. 부동자세로 할 수 있는 최선의 일은 독서다. 최대한 편한 자세로 누워 한 시간 정도 책을 본다. 독서 컨디션은 지금이 라이프 베스트다. 독서력이 정점을 찍었던 10대 후반보다 더 집중이 잘되는 것 같다. 바쁜 일상 속에서 책을 볼 땐 속독을 주로 했다면, 요즘은 한 자 한 자 정독을 한다. 정독을 해 보니 그동안의 속독은 숙제처럼 책을 읽었다는 티를 내기 위한 요식행위였던 것 같아 반성도 되었다.

그리고 11시쯤엔 집을 나선다. 요즘은 시간을 바꿔 매일 오후 1시 45분에 방사선 치료가 잡혀 있다. 남양주에서 세브란스까지는 정말 멀다. 처음에는 장모님께서 라이드를 해 주셨는데, 이번 주부터는 혼자 다니기 시작했다. 정신 바짝 차리고 강변역까지 가서 2호선을 탄다. 그리고 12시쯤 신촌이나 을지로에서 지영이를 만난다. 아침저녁은 건강식으로 먹지만 점심만큼은 둘이서 맛있는 거 먹으러 다니기로 했다. 내가 먹고 싶은 음식을 먹을 땐 고맙게도 개코의 활동은 잠시 멈추었다.

점심 식사 후 익숙한 루틴을 거쳐 치료가 끝나면 과일이나 간식을 먹는다. 그래도 과일은 잘 들어가는 편이다. 그 후 셔틀을 타고 신촌역으로 가서, 지영이는 다시 사무실로 들어가고 난 집으로 향한다. 집에 도착하기 전, 유치원에 들러서 지아를 픽업해서 같이 들어온다. 집에 도착하면 이게 뭐라고 녹초가 된다. 잘 참고 있던 두통도 시작된다. 그러면 난 진통제를 하나 먹고 낮잠에 빠진다. 믿기지 않겠지만 낮잠 시간을 제외하면 오후에는 계속 책을 읽는다. 지아도 아빠가 아픈 걸 아는지 놀아달라고 떼를 쓰지 않는다.

지영이가 퇴근해서 오면 저녁을 먹고 온 가족이 30분 정도 산책을 한다. 우리 동네에 길고양이들과 까치가 정말 많다는 것을 알게 되었다. 그러다 산책로에서 '뱀 출몰 지역'이란 푯말을 보면, 나름 수도권에 살고 있다는 자부심이 무너진다. 우리 가족 산책 시 뱀이 나오면, 아빠가 모자 벗고 골룸으로 변신하여 처치해 줄게.

집에 돌아와서 각자 뒹굴거리는 시간을 가진 후 9시에 온 가족이 거실에 둘러앉는다. 지영이가 하루에 10여 분씩 성경을 읽어준다. 다 읽고 나면 한 명씩 돌아가며 이야기를 나눈다. 지아도 이런 류의 리스닝과 대화에 이제 곧잘 따라온다. 그 후에 마지막으로 네 명이 손을 잡고 돌아가며 기도를 하고 하루의 공식 일정을 마친다. 10시쯤이면 온 가족이 잠자리에 든다. 이런 하루하루의 무한 반복이다.

아직은 회복하고 있다고 말하기는 힘든 몸 상태이지만, 지금부터 좋아지겠지. 지금이 바닥인 것 같은데 안 좋아지기도 어렵다. 우선 청소기 정도 돌릴 수 있는 몸을 꿈꿔 본다. 팔굽혀펴기 10회, 400m 조깅 정도가 그다음 목표다. 하나하나 목표를 달성하다 보면 언젠가 하와이까지 갈 수 있는 날이 오겠지. 내 투병 생활의 마침표는 하와이에서 찍겠다.

사람은 바닥의 깊이가 중요하다. 좋을 때 에너지가 넘치고 주변 사람들에게 나이스 한 건 누구든 할 수 있다. 물론 그 영역도 개인차가 심하여 어떻게 저런 에너지가 나올까, 어쩜 저렇게 즐겁게 살까 싶은 사람들도 분명 있다. 그런 사람들은 리스펙트한다.

SNS나 일터에서 보이는 개개인의 모습들은 맥주 거품기로 만든 맛있는 크림 거품과 같다. 나 또한 거품이 예쁜 편이다. 거품이 걷히면 맥주 본연의 맛이 나오듯이, 사람은 바닥까지 내려갔을 때 그 사람의 제대로 된 인격이 드러난다. 바닥에서의 모습은 평소 모습과 전혀 다르다. 바닥의 모습이 괴물 같은 사람들일수록 인격 세탁을 위해 힘들 때의 사람들을 멀리하는 법이다.

학교 다닐 때도 그런 친구들이 꼭 있었다. "어제 일찍 자고 새벽에 공부하려 했는데 알람시계가 고장 났다." "시험 범위를 잘못 알고 있었다." 심지어 "답을 하나씩 밀려서 썼다." 온갖 핑계가 다 나온다. 그냥 최선을 다할 때도 있고 아닐 때도 있고,

시험을 잘 볼 때도 있고 못 볼 때도 있고, 그 평균이 자신의 모습인데 지나치게 자신의 실력과 바닥의 모습이 드러나는 것을 불안해하는 친구들이 있었다. 적어도 난 바닥까지 내려가는 것을 두려워하지 않고 살았던 것 같다.

몇 번의 바닥이 기억난다. 난 고등학교 때 전교 1등도 해 봤고, 반에서 10등도 해 봤다. 반에서 10등은 심지어 고3 때였다. 그래도 난 핑계는 대지 않았다. 그 중요하다는 고2 겨울방학 때 류지훈, 정현철, 변성준, 박상훈, 조현호(이상 실명) 등과 어울려서 남포동 자이언트 노래방과 해운대에 놀러 다니느라 공부를 정말 1도 안 했다. 고3이나 된 녀석들이 시험 전날 구덕산 꼭대기에 올라가서 바위 뒤에 숨어서 포커를 쳤다. 전교 2등으로 고3에 올라가서, 첫 시험에서 전교도 아닌 반에서 9등, 두 번째 시험에서 반에서 10등을 했다. 심지어 두 번째 시험은 명예회복을 위해 열심히 했는데도 반에서 10등을 한 것이다.

여기저기서 수군거리기 시작했다. 손창우, 독서실에 가방만 던져 놓고 놀러 다니더니 완전 망한 것 같다고. 이때가 나의 첫 번째 바닥이 드러나던 때였다.

하지만 난 그때도 당황하지 않았다. 긍정적이었고, 장기 레이스엔 자신이 있었다. 이제 4월이니 수능까지 반년 남았고, 본고사까진 9개월 남았으니 이 정도면 충분하다. 시간을 효율적으로 써야 했다. 상대적으로 시간이 적게 남은 수능은 내가 원하는 대학 합격생들의 평균 점수 혹은 10% 이상은 떨어지지 않게 맞춰 놓고 본고사에 올인하기로 했다. 특히 수학을 잘했으니, 본고사 수학에서 나머지를 전부 커버하자는 전략이었다.

난 친구들에게 양해를 구한 후 독서실도 그만두고, 학교에서 밤 12시까지 공부했다. '여고괴담' 같은 학교 호러물 영화를 이때 봤다면 난 원하는 대학에 못 갔을 것이다. 냉동공장으로 둘러싸여 인적도 없던 곳에 있는 학교에서 사람이 없어도 밤 12시까지 공부했다. 주말에도 도서관에 가서 온종일 공부했다. 내 공부의 70%는 본고사 수학에 맞췄다. 10분 쉬는 시간마다 수학 문제 하나씩 풀었다.

이 장기 레이스는 성공했다. 본고사 수학은 답안지를 자신 있게 빼곡히 써 내려 갔고, 수능 점수도 막판에 궤도에 다시 올라오기 시작해서 합격생들 평균 점수가 만들어졌다.

고3 시작과 동시에 반에서 9등, 10등을 했을 때 내 인생 처음으로 바닥을 맛보았다. 하지만 동시에 내가 바닥에서 오히려 파이팅 넘치고 새로운 힘을 불러일으키는 데 소질이 있다는 것을 깨달았다. 이때의 경험으로 난 장기 레이스는 뭐든 잘할 수 있다는 자신감이 생겼다.


회사에 다니면서도 몇 번의 바닥을 경험했다. 그중 투자업계로 들어온 이후 3번의 검찰 조사, 1번의 해외 소송 건이 클라이맥스였다. 투자해 놓은 포트폴리오 회사와 고소 맞고소를 이어가며 치열한 법정 공방을 벌였다. 검찰 조사는 평균 12시간씩 세 번을 받은 것 같다. 아무리 잘못한 것이 없더라도 검찰 조사를 받는 것은 차원이 다른 스트레스를 동반한다. 심지어 나 혼자와 상대 회사 측 3명이 참석하는 1대 3 대질심문이었다. 조사관과 검사 앞에서 1대 3으로 린치를 당하면 사람의 바닥이 드러날 수밖에 없다. 검사와 조사관의 날이 선 질문들에 대답을 해나가는 긴장감은 안 해 본 사람들은 상상하기 힘들다.

그런데 난 이 바닥에서도 여유를 잃지 않았다. 날 죽여야 살아날 수 있는 사람들의 하이톤 공격에도 난 차분하게 대응했다. 오히려 머리가 더 맑아졌다. 날 물어뜯는 그분들에게 쉬는 시간에 음료수도 하나씩 건네고, 끝날 땐 같은 엘리베이터를 타고 내려왔는데 수고하셨다며 목례도 건넸다. 물론 소송은 예상대로 끝났다. 하지만 이겼다는 기쁨보다는 날 물어뜯던 그분들이 먼저 걱정되었다. 언젠간 꼭 재기하시길. 바닥 중의 바닥을 경험하고 싶으면, 피의자 신분으로 12시간짜리 대질심문을 권해드린다.

이 소송이 끝난 후 난 싱가포르 소송 건에 투입이 되었다. 우리가 고소인이었고 상대는 싱가포르 최고의 호텔이었다. 네이티브도 아닌 내가 글로벌 호텔을 상대로 1년간 소송을 진행하는 것도 상당한 스트레스였다. 1박 3일짜리 소송 대응 출장만 10회 이상 다녔다. 물론 그 덕분에 난 항공사 다이아몬드 회원이 되었지만, 난 아직도 싱가포르를 좋아하지 않는다.

이렇게 다양하게 나의 바닥을 확인하면서 그때의 내 모습들을 관찰해왔다. 다행히 나의 바닥 모습이 흉측하진 않았다. 어떤 상황에서건 얼굴엔 항상 미소가 걸려 있었고, 스트레스를 줄이기 위해 농담을 했으며, 힘들수록 새로운 힘들이 조금씩 생겨나는 것을 확인했다.

그리고 오래간만에 다시 바닥을 경험하고 있다. 이번 수술, 그리고 방사선 치료. 건강상의 바닥은 또 다른 영역이었다. 나도 정말 궁금했다. 건강 문제로 바닥까지 간 나는 어떤 모습일지, 지금과 똑같은 모습으로 깨어나지 않을 수도 있는 큰 수술을 앞두고 어떤 기분이 들지. 수술실로 들어가기 직전의 사진이 한 장 있다. 머리에 정체불명의 장비를 덕지덕지 붙이고 수술대에 눕기 직전의 사진이다. 그 사진의 표정이 말해 준다.

난 쫄지 않았다!!! 쫄지 않게 보이려고 의식적으로 힘찬 컷을 찍었다고 생각할 수도 있으나, 난 정말 쫄지 않았다. 수술대 위에 누워 있을 때는 오히려 마음이 더 편했다. 이런 큰 수술을 앞두고도 쫄지 않았으니, 앞으로 살면서 쫄 일이 뭐가 있겠는가. 이번 수술이 나에게 준 가장 큰 선물이다. 이번에도 난 쫄지 않았다.

**8월의 마무리는 또 지영이에게 쓰는 편지로 하겠다.**

지영아, 방사선 치료가 생각보다 길고 힘들게 진행되어 너한테 가장 미안하다. 마음과는 달리 힘든 모습을 보일 수밖에 없네. 그래도 남편 바닥에서의 모습을 한번 믿어봐. 아무리 힘들어도 품위와 미소는 잃지 않을게.

지금 보는 남편의 얼굴이, 평생 가장 흉측한 얼굴일 거야. 그래도 이 정도면 나쁘지 않잖아. 매일 활짝 웃고 에너지 팍팍 넘치는 모습 보이고 이런저런 농담으로 웃겨 주진 못해 미안하지만, 개코와 두통으로 인상을 쓰면서도 매 끼니 차려준 건 다 먹으려 노력할게. 앞으로 한두 달만 잘 버텨보자. 너의 정신건강을 위해 뒤통수는 골룸이지만, 정면샷은 준수하게 계속 유지할게.

머릿속으로는 손발이 오그라들었다가 다시는 펴지지 않을 것 같은 표현들도 자주 하지만, 글로는 쓰지 않을게. 나중에 둘 다 이불킥할 거야. 대신 마음만은 알아주라.

이제 같이 올라갈 일만 남았다. 지난 한 달 반의 여정을 생각하면 상태가 지금보다 훨씬 더 안 좋아질 수도 있었지만, 지금 이렇게 너에게 편지를 쓸 수 있다는 것만 해도 어디야. 충분히 감사하자.

앞으로가 더 힘들 거라고 하지만, 쫄지 않고 파이팅할게.

반려남편, 조금만 더 견뎌줘.

2018년
9월

# 내 삶의 바닥,
# 그래도 감사를…

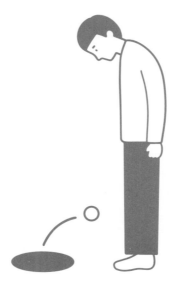

역시 방사선 치료는 뒤로 갈수록 힘들구나. 지킬 박사가 하이드를 처음 봤을 때처럼, 내 안에 이렇게 아파하고 밤새 끙끙대고 나약한 또 다른 모습이 있다는 것을 처음 알았다. 하이드로 변신한 나는 온종일 생전 처음 듣는 앓는 소리들을 아카펠라처럼 냈다. 80세 이상의 신체에서만 만들 수 있을 것 같은 각종 소리들이 내 몸에서 나온다는 것이 신기할 정도였다. 지킬 박사일 때 술 담배도 안 했는데, 왜 내 안에서 하이드가 튀어나오게 된 거지.

지금은 뭣도 모르고 하이드가 난리를 치고 있지만, 내 병과 앞으로의 부정적인 생각들이 내 삶에 뛰어들어 삶의 주인인 양 행세하는 것을 두고 볼 수는 없다. 지킬 박사는 아무리 힘들어도 감사 좀 하면서 살겠다는데, 하이드의 지휘하에 온종일 골골대며 누워 있을 순 없다. 가족들에게 면목 없기도 하고.

하이드는 이제 보지 말자. 지킬 박사로만 살기도 벅차다. 그러니 80세 할아버지가 근력운동 끝내고 낼 법한 신음소리는 이제 그만.

지금 내가 도움을 줄 수 있는 집안일이 별로 없다. 방사선 쬐고 개코가 된 후 냄새에 민감하여 주방 일이나 음식물 쓰레기를 버리는 것도 힘들다. 며칠 전엔 의욕적으로 청소기를 돌렸다가 몸살로 온종일 누워 있기도 했다. 청소기 몇 번 슥삭슥삭 했다고 몸살이라니, 누가 보면 우리 집 300평쯤 되는 줄 알겠다.

그나마 하는 게 건조가 끝난 세탁물을 꺼내 와 곱게 개어 서랍장에 넣는 일 정도다. 그런데 와이프 옷들을 정리하며 또 한 번 놀랐다. 정말 메이커 옷은 찾아볼 수가 없었다. 아, 이거 비밀인가. 에이, 몰라. 남편 환자니까 막 쓸게.

난 의외로 메이커 옷들이 좀 있다. 폴 스미스, 브룩스 브라더스, 폴로, 빈폴, 마시모두띠, 자라, 나이키, 아디다스 등. 물론 대부분은 하와이 Ross 등 저가 아웃렛에서 업어온 녀석들이지만, 메이커는 메이커다. 그런데 지영이 옷들은 대부분 남대문, 이태원 보세 옷들이었다.

지영 : 오빠, 이 옷 어때?

나 : 괜찮네.

지영 : 얼마로 보여?

나 : 50만 원?(매끄러운 대화 진행을 위해 일단 세게 지른다)

지영 : 아니, 80만 원.

나 : 저렴하게 잘 샀네. 몇 개 더 사지.(남자들은 이런 허세 좋아한다)

지영 : 그치, 이쁘지?

나 : 응, 잘 샀네. 근데 진짜 건 80만 원이라 치고, 얼마에 샀어?

지영 : 80만 원이라니까.

나 : 그래, 잘 샀네. 싸네. 근데 진짜 얼마?

지영 : 3만 원. 진짜 거랑 똑같아. 완전 득템했어.


돌이켜 보니, 내가 곱게 개고 있는 지영이의 옷들은 항상 이런 대화를 통해 우리 집에 들어온 것들이었다. 명품백도 결혼할 때 샀던 걸 제외하면 거의 없다. 액세서리는 명품, 짝퉁을 떠나 개수조차 몇 개 되지 않는다.

내가 같이 살고 있는 79년생 김지영은 이렇게 아주아주 검소하다. 소유물에 대한 욕심이 별로 없다. 우리가 무슨 옷을 입고, 무슨 차를 타고, 어느 동네에서 살고, 이런 것들이 우리의 모습을 설명해 준다고 1도 생각하지 않는 사람이다. 12년 된 아반떼를 여전히 처갓집 식구들과 공용으로 타고 다니며, 우리 차를 어르신들이 타고 나가시면 12살 아반떼를 타고 값비싼 외제차를 탄 친구들을 만나러 당당하게 나갈 수 있는 사람이다.

대신 자기계발이나 경험을 쌓는 것에 대해선 아낌없이 쓸 줄 안다. 지난 2년간 하와이를 11일씩 3번을 다녀와서 하와이 패밀리가 된 것도 와이프의 과감한 결정 덕분이다. 그리고 우리 둘 다 회사에 다니며 야간 대학원을 다녔다. 단순히 하와이 비용과 둘의 대학원 등록금만 합쳐도 독일산 B 차량을 거뜬히 한 대 살 수 있다.

둘 다 보여주는 부분에 관심이 없다는 것이 얼마나 다행인가. 그래도 난 폴 스미스도 한 번씩 입는데 지영이는 훨씬 더 쿨하다.

"내가 이 옷을 입으면 누가 짝퉁이라 생각하겠어?"

"명품은 좀 더 나이가 들었을 때 입어야 멋질 것 같아. 젊은 사람들이 명품 입고 다니는 거 싫더라. 우리 오십 넘으면 중간 브랜드 다 건너뛰고 바로 에르메스 입자."

참 멋있는 마인드를 가졌다. 명품을 입지 않아도 사람이 명품이라 참 감사하다.

　　지영이의 출근, 아이들의 등교 이후의 집은 평화롭고 고요하다. 내가 지금 할 수 있는 맥시멈 운동인 집안 걸어 다니기를 하며 집 구석구석을 다시 살펴보았다. 서울 생활 20년 만에 처음 가져 본 우리 집, 참 예쁘다. 장모님이 감사하게도 청소까지 깨끗이 해 주신 날엔 특급 호텔 스위트 룸처럼 격조 높은 집으로 변신한다. 내가 사는 공간이 이렇게 마음에 든다는 것도 감사한 일이다. 그동안 거쳐온 집들이 떠오른다. 바퀴벌레, 모기, 곰팡이들과 동거를 하고 라면과 스팸 향이 가득하던 추억의 공간들.

　　지영이와의 신혼집은 중랑구 묵동 신내 아파트였다. 난 어릴 때부터 '가오'가 중요한 아이였다. 모양 빠지는 것을 싫어하는 아버지의 영향이었으리라. 하지만 철없는 시절에 형성된 나만의 '가오'는 대부분 어이없는 카테고리에서 생겨난 후 비판적 사고능력으로 수정 보완되지 못한 채 그대로 내 인생 그라운드 룰로 자리를 잡아갔다. 그러다 보니 중고등학교 시절의 '가오'가

현재의 내 성격을 만든 뼈대가 되어 있다. 가끔 내게서 유치하거나 현실감각이 부족한 인생관이 발견될 때가 있는데, 그런 이유 탓이다.

그런 사춘기 시절 인생관이 형성될 때 결혼에 대한 룰을 정한 것이 하나 있었다. 부모님이 그런 말씀을 하신 적은 한 번도 없었는데도, '결혼할 때 양가에 손 안 벌리고 시작하리라.'였다. 어떤 계기로 그런 생각을 했는지는 기억이 안 난다. 어린 마음에 그게 더 의미 있고 로맨틱하다고 생각했다.

그 생각은 결혼 즈음까지도 이어졌다. 그렇다고 내가 호화로운 결혼식과 멋진 신혼집을 삐딱한 시선으로 바라보는 사람은 결코 아니다. 나 역시 근검절약 스타일이 아니고, 허세도 적당히 부리며 살아간다. 개개인의 생각도 하나의 문화라고 보면, 문화의 다양성은 어떤 내용이건 존중되어야 한다고 굳게 믿는다. 옳고 그르고의 문제가 아니라, 그저 내가 결혼을 할 때 금전적으로는 온전히 우리 부부의 힘으로 시작하고 싶었던 어린 시절의 생각이 이어졌을 뿐이다.

나야 그렇다 치고, 결혼에는 지영이의 생각이 더 중요했다. 두 명의 세계관이 합쳐지는 결혼에서, 나보다는 지영이가 훨씬 고차원적이고 지혜로운 사람이니, 지영이가 아니라고 하면 아닌 것이다. 하지만 다행스럽게 지영이도 온전히 우리 힘으로만 홀로서기에 대해서 쿨했다. "그래, 그러자."

당시 삼성전자와 제일기획에서 각각 5년 차를 보내고 있던 우리 둘이 모아 놓은 돈을 합쳐보니 약 7천만 원 정도였다. 결코 적은 금액은 아니지만 서울 시내에서 신혼집을 얻기는 턱없이 부족한 금액이었다. 그래도 우린 즐거웠다. "7천만 원에 맞춰 보지 뭐."

우리가 제일 먼저 찾아간 지역은 서울 시내에서 집값이 싼 곳 중 지영이 회사까지 지하철로 한 번에 갈 수 있는 중랑구 묵동이었다. 목동이 아닌 묵동. 6호선 종점인 봉화산역에 내려서 10분 정도 걸으면 묵동 신내아파트 단지가 나온다. 부동산에 들어가 보니 당시 우리가 가진 돈으로 얻을 수 있는 집은 신내 아파트 단지에서도 가장 작은 17평 아파트뿐이었다. 서울의 끝까지 나와서도 젤 작은 평수밖에 남아 있지 않다는 서글픔보다는 "거봐, 여긴 있잖아."라며 둘 다 즐거워했었다.

2층 제일 끝에 있는 집이었는데 첫 느낌은 '작. 구. 나.'였다. 생각보다 훨씬 작았다. 오래된 복도식 아파트라 실제 사용면적은 12~13평밖에 되지 않는 조그만 집이었다. 원룸 안에 작은 방 하나를 만들어 놓은 느낌.

"어때? 계약할까?"

"응."

그렇게 처음 본 집을 바로 계약해 버렸다. 한 학기 살다 나올 하숙집 구하듯 신혼집을 10분 만에 정했다. 이제 그 집을 채워 넣는 일만 남았다. 그래도 신혼집인데 침실에 포인트 벽지는 해야지. 꽃무늬 포인트 벽지를 지영이가 골랐다. 그리고 그게 전부였다. 우리 힘으로 시작하는 컨셉에 맞게 가전제품들 포함 인테리어도 쓰던 걸 그대로 가져갔다. 혼수의 하이라이트인 냉장고는 양문형은커녕 정효랑 둘이 살 때 중고로 샀던 구형 냉장고를 그대로 가지고 왔다. 소파를 놓고 싶었는데, 소파를 놓으면 어이없게도 식탁을 놓을 장소가 없어졌다.

지금 생각하면 지영이에게 미안하다. 한 번뿐인 결혼인데, 그래도 좀 더 좋은 동네 넓은 집에서 번쩍번쩍 빛나는 혼수 가전제품들로 채우고 살고 싶은 마음이 왜 없었겠는가. 출가하기 전 어머니 손을 잡고 혼수품을 장만하러 다니는 즐거움 또한 남편의 개똥철학 때문에 누리지 못했다.

그래도 우린 즐거웠다. 친구들의 번쩍번쩍한 강남 신혼집에 다녀올 때도, 우린 동부간선도로를 타고 서울의 북쪽 끝까지 올라와서 제일 구석 단지의 가장 좁은 평수의 아파트에 들어가야 했지만, 단 한 번도 우리 집이 좁게 느껴진 적이 없었다. 소파도 없어서 상을 펴고 방석을 깔고 바닥에 앉아야 했지만, 오히려 우린 우리 집에 친구들을 많이 초대했다.

그렇게 조그만 묵동 신내아파트에서 살다가, 첫째를 낳고 처갓집 근처인 남양주로 이사했다. 그동안 돈도 조금 모았고 묵동보단 남양주가 전셋값도 더 싸서, 우린 30평대 아파트 전세로 옮겼다. 17평에서 30평으로 옮겼을 땐 내가 이런 호사를 누려도 되나 싶을 정도로 부자가 된 기분이었다. 당시 이사한 후 며칠 지났을 때 친구들에게 보냈던 문자 내용도 기억난다. "나 아직 안 들어가 본 방도 있다. 집 지기게 넓나."

남양주 30평대 아파트를 전세 만기에 맞춰 두 번 옮긴 후 처갓집과 합쳤다. 나중에 처남까지 합세해서 우리 네 명, 외할아버지, 외할머니, 처남까지 7식구가 한 집에서 복작복작 오손도손 살았다. 그렇게 우린 현대사회에서 보기 힘든 대가족 생활을 5년간 했지만 남들의 우려와는 달리 참 행복한 시간이었다. 그리고 분가한 것이 지금 집이다. 묵동 7천만 원짜리 17평 전세에서 시작해서 7식구 대가족 생활을 거쳐 지금 집까지, 지영이가 참 고생을 많이 했다.

여기까지 우리 잘 왔다. 더 좋은 집에서 살게 해 주겠다는 약속은 못 하겠지만, 남편이 빨리 나아서 지금보다 더 행복이 넘치는 집에서 살게 해 줄게. 그건 약속할게.

난 비 오는 날을 싫어했다. 어린 시절, 강한 바람을 타고 사선으로 내리꽂히던 부산의 비는 교복 바지를 온종일 축축하게 만들었고, 에어컨은커녕 선풍기도 없이 50명이 빼곡히 들어가 있던 교실에서 모든 아이가 바지를 걷고 있으면 생선 내장 비린내보다 더 지독한 악취가 진동했다.

더 최악은 비가 오다 그쳤을 때다. 비가 오다 그치면 난 꼭 우산을 잃어버렸다. 오락실에 두고 오고, 독서실에 두고 오고, 버스에 두고 내리고. 심지어 길거리에서 신발 끈을 고쳐 매고 땅에 유유히 버려두고 떠나기도 했다. 돌아서면 밥 먹은 것을 까먹는 금붕어 같았다. 그래서 비가 오는 날은 괜히 싫었다.

요즘은 비 예보가 있는 날씨가 감사하다. 힙하고 스웩 넘치는 블랙 장우산을 당당하게 들고 나가서, 조그만 삼단 우산을 펴 놓고 장우산은 지팡이처럼 쓸 수 있기 때문이다. 지팡이를 짚고 걸으면 스테로이드를 맞은 사람처럼 걸음에 힘이 넘쳤다. 다리가 두 개에서 세 개만 되어도 이렇게 가뿐한데, 스키 폴을 양손에 쥐고 크로스컨트리 하듯이 걸어 다니면 얼마나 편할까.

다리 힘을 키우기 전까지 장우산은 나의 벗이다. 조급하지 말고 천천히 가자. 시간은 내 편이다. 감사하게도 내일도 비 예 보구나.

　　아프고 나면 관계들이 보이기 시작한다. 내가 일을 잘해서, 그 업종에 있어서, 비즈니스가 엮여 있어서, 언젠간 도움이 될 것 같아서 연결되어 있는 사람들도 많다. 반면 계급장 다 떼고 내 모습 그대로를 좋아해 주는 사람들도 느껴진다. 아픈 사람들의 마음속엔 관계의 리트머스 종이가 생겨서, 우리 사이가 어떤지 딱 대면 나온다. 이게 진심 어린 걱정과 응원인지, 아니면 형식적인 인사인지.

　　그동안 많이 만난 것도 아닌데 갑자기 내 마음속으로 훅 들어오는 사람들이 있다. 이렇게 진심으로 날 걱정해 주는 좋은 인연들은 평소에 알아채지 못한 것을 반성하게 된다. 반면에 인간적으로 '너는 날 좀 더 챙겨야 하는 게 아닌가.' 싶은 사람들도 있다. 사람은 표현의 크기와 상관없이 원래 다른 사람에게 생각보다 관심이 없다는 것을 알면서도, 가끔 서운할 때가 있다. 관심병 중2도 아닌데, 아프면 예민하고 유치해짐을 느꼈다.

　　축하할 일이 많은 사람들에겐 내 응원이 크게 티가 나지 않지만, 힘들거나 아픈 사람들에겐 조금 오버해서 걱정해 줘도 된다. 사람이 면역력이 낮아지면 마음의 벽도 함께 낮아져서, 진심이 그대로 전달된다. 이렇게 아프면서 인간관계를 한번 정리할 수도 있구나. 날 진심으로 좋아해 주고 회복을 위해 기도해 주는 사람들을 마음으로 알게 되어 참 감사하다.

가끔은 모르는 사람을 위해서도 기도를 해 본다. 방사선 종양학과 교수님과의 면담은 항상 대기자가 많아서 한 시간 이상 기다려야 한다. 그래도 지인 소개로 알게 된 교수님이 워낙 친절하게 맞아주셔서 기다리는 시간이 마냥 지겹거나 겁나지는 않았다. 사석에서 만났으면 나랑 바로 말 까고 친한 형동생이 되었을 것 같은 분이었다.

오늘은 대기실에 신스틸러 한 명이 등장했다. '달라스 바이어스 클럽'의 매튜 매커너히처럼 깡마르고 만사가 귀찮은 표정의 할아버지셨다. 목소리도 잘 나오지 않으셔서 자세히 들어야 뭐라고 하시는지 들렸다. 할아버지는 3분에 한 번씩 벌떡 일어나셔서 외치셨다.

"개xx들, 개xx들, 몇 시간을 기다리게 하는 거야. 에이, 개 xx들."

방사선 치료받기 전에 면담 접수부터 해 놓으면 1시간 이상은 안 기다리는데, 할아버지는 왠지 접수를 안 하고 앉아 계시다가 몇 시간을 허비하신 모양이다. 찰지게 욕하시는 건 오늘 처음 봤지만, 이 할아버지는 나랑 치료 시간이 비슷해 얼굴은 몇 번 봤던 분이다. 항상 혼자 다니셨다. 연세도 높으신데 매일 혼자 와서 쓸쓸히 진료를 받으시는 것 같았다.

오늘은 이 할아버지를 위해 기도했다. 가족들과 함께 다니지 않는 이유가 있겠지만, 화목한 가정에서 웃을 일 가득하시길. 치료 무사히 끝내시고 살도 좀 더 찌시길. 그리고 다시는 병원에 오지 않으시길. 행복하세요, 매튜 매커너히 할아버지.

나의 수술 부위는 뒤통수다. 손바닥만 한 큰 사이즈의 수술 자국이 났지만, 뒤통수라 정면 거울 샷으로는 티가 나질 않는다. 이 부위가 참 다행스러운 것은 내 눈으로 가슴 아픈 흔적을 볼 일이 없다는 것이다. 아무리 눈이 뒤쪽으로 달린 염소라도 절대 볼 수 없을 사각지대에 흉터가 있다. 안 보면 마음도 편하다. 지영이가 몇 번 사진 찍어서 보여준다는 걸 거절했다. 변태도 아니고 가슴 아프게 괜히 그걸 왜 봐.

둘째 지아가 뒤통수 수술 자국을 유심히 쳐다보고 손으로 만져도 보더니, 대뜸 '생선 가시' 같단다. 그리고 나를 '생선 가시 왕자님'이라 부르기 시작했다. 아놔, 힘들게 안 보고 있었는데, 뒤통수 완전 리얼하게 연상되잖아.

난 그동안 지아를 인어공주라고 예쁘게 불러줬는데. 지아야, 아빠가 쪼잔하게 복수하는 건 아니고 네가 충격받을까 봐 이야기 안 했는데, 네가 그토록 좋아하는 인어공주가 사람이 아니라 생물학적으로 생선일 수도 있단다.

　　어린 시절 단짝 성준이네 집 꿈을 꿨다. 성준이는 나랑 초등학교 6년을 같은 반에서 함께 보낸 친구다. 우리 초등학교는 8반까지 있었는데, 6년 동안 같은 반이 될 확률은 몇 %일까. 사실 우린 확률을 뛰어넘는 전략가들이었다.

　　매년 2월에 다음 해 반 배정을 앞두고 우리 둘은 선생님을 찾아갔다. 그리고 내년에도 같은 반을 시켜 주시면 더 말 잘 듣고 공부도 열심히 하겠다며 애원했다. 여기까지만 했다면 원칙주의자 선생님 한 분쯤은 우리를 갈라놓으셨을 텐데, 우리에겐 비장의 카드가 있었다. 면담이 끝나기 전에 둘 다 꺼이꺼이 울었다. 성준이가 먼저 울기 시작하면, 나도 따라 울었다. 그 귀여운 아이 둘이 엉엉 울면서 같은 반을 하게 해달라는데 누가 모질게 떼어놓겠는가. 우린 이 전략으로 6년을 같은 반에서 단짝으로 지냈다.

　　성준이네 집은 우리 동네에서 소문난 부잣집이었다. 집이 대궐만 했다. 앞마당엔 진돗개, 뒷마당엔 도베르만을 키웠고,

개 줄에 묶여 있는 덩치들을 놀리듯 코커스패니얼 한 마리가 자유롭게 온 마당을 휘젓고 다녔다. 이 집의 위엄은 중국집에 음식을 시킬 때다. "여기 대문 큰 집인데요~."라고 하면 배달이 왔다. 대문으로 뗏목을 만든다면 그걸 타고 세계일주도 할 수 있을 만한 크기였다. 그러니 성준이네 집엔 얼마나 재미있는 것들이 많았겠는가. 보물로 가득 차 있을 것 같던 창고 하나가 우리 집만 했다.

우리 집에서 성준이네 집까진 큰길도 건너야 하고 전속력으로 뛰어도 10분은 걸리는 제법 먼 거리였는데, 난 매일 갔다. 하교 후 집에 도착하면 "학교 다녀왔습니다." 하면서 가방을 던지고, "성준이네 갔다 올게요." 하면서 바로 뛰쳐나갔다. 성준이 어머니와 지현이 누나도 매일 오던 날 가족처럼 좋아해 주셨다.

우리 집만큼 많은 시간을 보냈던 성준이네 집, 추억 속의 큰 대문 집이 어젯밤 꿈에 나왔다. 너무나 감사하게도 집 구석구석이 생생하게 나왔다. 당연히 어린 시절의 내가 꿈의 화자였다. 참 행복한 꿈이었다. 내가 큰 부자가 되면 추억이 가득 담긴 어린 시절 성준이네 집을 사버리고 싶지만, 이미 그 자리엔 못생긴 빌라가 눈치 없이 서 있다. 다 합쳐도 큰 대문보다 작을 것 같은 작은 대문들이 다닥다닥 붙어 있는 못생긴 빌라. 내 추억을 돌려받고 싶다.

성준아, 잘 지내지? 천국에서 어머니 만났겠네. 널 그렇게 좋아하시던 우리 어머니도. 정말 예쁘신 분이라 눈에 금방 띌 거야. 보고 싶다. 모두.

산책을 할 때 음악을 듣는다. 걸음 속도는 바흐의 'G선상의 아리아'를 듣는 사람처럼 느릿느릿했지만, 처음엔 박정현 1집을 들었고, 아재 인증하듯 이문세, 이승환, 이승철, 김연우 등 올드한 노래를 섞어 들었다. 어릴 때 어머니가 패티김 노래를 들으실 때 이런 기분이셨겠지.

요즘은 얼마 전 타계하신 알 자로 형님의 음악을 듣고 있다. 'Your song' 한 곡만 계속 들어도 오고 가는 산책길이 즐겁다. 'Your song'이 질릴 때를 대비해서 재즈 큰 형님 냇 킹 콜의 'Route 66'가 대기 중이다.


퀸 영화 '보헤미안 랩소디'가 화제다. 소싯적 퀸의 빅 팬은 아니었지만, 영화는 볼 것 같아서 예습 차원으로 어제오늘은 퀸의 음악을 들었다. 노래는 참 좋은데, 역시 갑자기 좋아하긴 어렵다. 한때 직접 앨범을 사서 들었던 뉴 키즈 온 더 블록이나 왬 영화가 나온다면 시사회 날 뛰어갈 텐데.

지금 BTS의 전 세계적인 인기가 저 뮤지션들의 한창때 인기를 뛰어넘었다고 하는데, 어차피 울림이 없는 거 퀸 말고 BTS 음악이나 들을까. 그 아이들을 보고 있으면 내 어린 시절이 떠오르기도 하고, 뭔가 친숙하다.

　　이런저런 음악을 다 듣고 난 후 나의 인생 앨범 박정현 1집으로 다시 돌아올 때쯤이면 난 거의 회복했겠지. 나의 회복을 위해 함께 걷고 있는 동반자 몇몇 가수들과 노래에 항상 감사한다.

남양주 하늘 위로 헬리콥터가 지나간다. 과연 누가 타고 있는 걸까. 매일 규칙적인 시간에 내려갔다가 올라오는 거로 봐서 누군가가 출퇴근하는 듯했다. 누가 헬리콥터로 출퇴근할까. 톰 크루즈? 우리 동네 기름값이 싸니 여기 잠시 들러 만땅 채우고 가시길.

작년 하와이 빅아일랜드에 갔을 때 용암 분출 장면을 목격할 수 있는 헬기투어를 해 볼까 했다. 1시간 코스가 1인당 300불, 2시간 코스가 1인당 500불 정도 했다. 우리 가족 4인 토탈 500불을 예상하고 갔던 난 얼마나 때 묻지 않고 순수한 영혼이었던가. 이 가격이면 우린 안 탄다. 우리 가족은 여행객이 아닌 현지인 컨셉으로 여행을 하는데, 느닷없이 1,200불을 주고 헬리콥터를 타는 것은 서울 사람이 63빌딩에 갔다가 한강 유람선을 타는 것처럼 격에 맞지 않았다. 용암은 유튜브로 보겠습니다.

팔자 좋은 남양주 톰 크루즈 씨, 주거지 위로 지나갈 땐 조금만 조용히 지나다닙시다. 할리 데이비슨 동호회 100여 명이 매드맥스 버전으로 지나갈 때보다 더 시끄럽다니.

지우가 내 손을 잡고 기도를 해 줬다. "하나님, 내일 아빠의 마지막 방사선 치료날이에요. 마지막까지 아빠 아프지 않고 치료 잘 끝나게 도와주시고, 남은 종양들은 내일 다 사라지게 해 주세요. 그리고 그동안 아빠를 도와준 많은 분들에게 감사하고, 그분들도 모두 건강하게 해 주세요."

지우가 아픈 아빠를 위해 매일 밤 기도를 해 주는데, 오늘 기도에서는 다른 사람들에게 감사하는 대목을 듣고 깜짝 놀랐다. 우리 딸, 정말 훌륭하게 크고 있구나. 그동안 날 걱정해 주신 모든 분, 지우가 기도했으니 다들 건강하실 겁니다.

행복은 강도가 아니고 빈도라지만, 행복의 강도만 본다면 내일은 내가 대장일 듯하다. 꿈에 그리던 마지막 방사선 치료날이라니. 치료가 끝나고 2~3주가 가장 힘들다고 하던데, 힘든 생각은 잠시 잊자. 내일 끝이다. 세브란스 전 병실에 떡이라도 돌리고 싶다. 모두 정말 감사합니다.

할렐루야, 드디어 6주 30번의 방사선 치료가 끝났다! 그동안의 치료 과정을 생각하면 이 대목에선 눈물이 한 방울 툭 떨어져도 멋질 것 같은데, 방사선이 눈물샘도 태워버렸나 보다. 그리고 오늘을 축하하기엔 몸 컨디션이 너무 안 좋기도 했다. 현존하는 모든 질병 중 목숨을 위협하지 않으면서 사람 기분만 나쁘게 하는 녀석들이 모두 모여 내 몸에서 정상회담을 하는 듯 성한 구석이 하나도 없었다.

마지막으로 기계에 누워 마스크를 착용한 후 여느 때처럼 마음속으로 사도신경을 외웠다. 그리고 고마웠던 분들의 얼굴을 떠올렸다. 주치의 선생님, 수술 시간 실수했던 레지던트, 최대한 안 아프게 주사를 놓아주던 간호사분들, 2인실에 함께 계시며 몰래 라면을 드시던 미식가 아저씨, 방사선 선생님, 내 마음의 신경외과 주치의 경훈이, 그리고 연세복서 후배에서 멋진 의사 선생님이 되어 큰 힘이 되어 주었던 후배 용훈이, 상현이, 종균이. 다 정말 고맙다.

환청이 들릴 정도로 지겨웠던 치키치키 기계음이 마침내 꺼졌을 때 수고 많았다며 날 한 번 쓰다듬었다. 율 브리너가 된 머리를 멋쩍게 만지면서, 치료를 도와주신 선생님들께 평소보다 10도 더 굽혀 인사를 하고, 병원을 무뚝뚝하게 걸어 나왔다.

우리 가족이 플래카드라도 붙여 놓았을까 찾아봤지만 없었다. 방사선 후배들의 기립박수도 없었다. 현실에선 벚꽃 같은 엔딩은 없구나. 병원을 둘러보았다. 진짜 내일부터 여기 안 와도 되는 거 확실한가. 마침표를 찍으려면 무언가 세레머니를 해야 할 것 같은데 무드 없게도 빨리 집에 가서 침대에 눕고 싶었다.

지영이도 너무 좋았나 보다. 날 태우고 집으로 오면서 차 사고를 냈다. 결혼 12년 만에 주행 중 사고는 처음이었다. 우리의 명백한 과실이었다. 에이, 몰라. 보험사에서 알아서 해 주겠지. 우리가 잘못한 거 맞습니다.

차에서 바라본 하늘이 참 좋았다. 미세먼지마저 사랑스러웠다. 난 오늘 30회 방사선 치료를 끝낸 사람이다. 이 순간 누가 나보다 더 행복할 수 있을까. 치키치키 기계엔 평생 다시는 들어가지 말자. 그리고 이제 아픈 거 그만하자.

치료가 끝난 기념으로 지영이와 2박 3일 요양원에 들어왔다. 강원도 산골짜기 와이파이는커녕 휴대폰도 안 터지는 곳이었다. 이렇게까지 원시적일 필요가 있나. 입맛은 여전히 가출했지만 바닥에 떨어진 체력을 회복하려면 일단 이것저것 많이 먹어야 하는데, 이곳 음식들은 심할 정도의 건강식이라 먹을 것이 전혀 없었다. 음식 투정이 아니다. 구석기시대엔 내추럴하게 이렇게 먹었겠지. 병원 밥이 그리워질 줄이야.

이곳에서 유일하게 할 수 있는 활동은 산책인데, 난 지금 오르막 내리막 산악지형을 산책할 수 있는 몸 상태가 아니었다. 결론적으로 나랑은 너무나 안 맞는 곳이었다. 그냥 에버랜드 사파리나 한번 데리고 가주지. 그래도 불평하지 않고, 후딱 시간이 지나가기만을 바랐다. 수술 후 2달도 버틴 사람인데, 2박 3일쯤이야.

무료한 숙소 안에서 모기라도 나오길 바라며 누워 있다가 전화기를 발견했다. 레고보단 못하지만 괜찮은 장난감이다.

'3분 무료, 3분 초과 시 1분에 50원 부과'라고 적혀 있었다. 난 수화기를 살포시 들고 35년 지기 고향 친구 류지훈에게 전화를 걸었다. 오늘은 이 녀석의 생일이기도 했다.

나 : 오늘 메이저리그 결과 씨부리 봐라.

지훈 : 이 번호 뭐고, 니 지금 어데고.

나 : 요양원. 오래 통화 못 한다.

지훈 : 와?

나 : 3분만 무료고, 1분마다 50원씩 붙는단다.

지훈 : 50원 정도는 좀 쓰라, 개xx아.

나 : 말이 길다. 메이저리그.

지훈 : 다저스 이깄다. 벨린저, 터너가 하나씩 넘깄다. 블라블라블라~

……

지훈 : (갑자기 분위기를 바꾸며) 몸은 좀 어떻노? 힘들재? 괜찮나?

나 : 3분 다 됐다. 끄지라. (뚜~ 뚜~ 뚜~)

우리의 대화는 항상 이런 식이다. 이런 맥락 없는 대화가 그리웠다. 해피버스데이지만 생일축하 멘트 따위는 없었다. 이런 대화가 가능한 녀석들이 몇 명 더 있다. 모조리 3분씩 전화 돌려 볼까.

오늘도 세 끼 연속 건강식을 먹었다. 정말 곤욕이다. 방사선 치료보다 더 빡세다. 어제 맛없는 식당은 오늘도 맛없다. 사람이 이렇게 맛없는 음식만 먹으며 어떻게 살까. 주방장이 술 마시고 요리한 것이 아니고서야 이렇게 간이 하나도 안 되어 있을 수 있을까. 그나마 가장 맛있는 음식이 말라비틀어진 옥수수였다. 가장 양념이 잘되어 나온 음식은 물이었다. 레몬 하나 빠져 있으니.

'I am what I eat.'이라는데, 이 순간 나는 맥도널드 쿼터파운드 치즈버거이고 싶은데, 현실은 나물이구나.

이 요양원의 큰 그림인가. 입맛을 잃은 환자들을 받아서 세상 가장 맛없는 음식들을 주구장창 제공함으로써, 이곳을 떠났을 때 뭐든 잘 먹게 만드는 것. 그렇다면 성공했다. 이 식당 밥만 아니면 진하게 삭힌 홍어로 청양고추를 돌돌 말아 놓은 것도 맛있게 먹을 수 있을 것 같다.

기력이 더 빠진 몸으로 모기마저도 없는 방에 누워 음식 일탈을 꿈꾼다. 몸에 나쁜 음식을 먹는 상상만 해도 이렇게 행복하다니, 갈 길이 멀구나. 3분 전화나 돌려야겠다.

요양원 탈출하는 날이다. 요양원에서 유일하게 사람 냄새가 나는 카페에 앉았다. 앞마당에 해먹이 있어 처음으로 누워봤다. 아, 이런 느낌이구나. 고양이 해먹, 강아지 해먹도 잘 팔린다는데 내가 그 녀석들보다 해먹 경험이 늦었다니.

안마의자 수면 모드에 길들여진 럭셔리한 몸이라 해먹이 생각만큼 감탄사를 자아내진 못했다. 강아지, 고양이들도 분명 해먹보단 사과박스 안에서 자는 걸 더 좋아할 것 같다. 해먹은 역시 그 자체보단 주변 풍경이 열 일을 해 줘야 하는 거였다. 아이들의 웃음소리, 파도 소리, 따뜻한 햇살이 없는 곳에서의 해먹은 그저 마법의 힘을 잃은 마법 양탄자에 불과했다.

미 해군에선 잠들 때 온몸이 연체동물이 된 듯 힘을 다 빼고 눕는 습관을 들여, 전쟁터에서도 2분 안에 잠들 수 있다고 했다. 나도 오늘부터 흐물흐물한 오징어 한 마리가 되어 하와이 바닷가 해먹 위에 누워 있는 상상을 하며 잠들어 봐야겠다. 오징어 같단 말은 많이 들어봤기에 어색하지 않다. 이제 이 요양원은 안녕. 재방문은 안 할게.

난 야구를 정말 좋아하던 아이였다. 1984년에 어린이 야구단으로 프로야구에 입문했다. 우리 집이 롯데의 과거 홈구장인 구덕야구장 바로 맞은편이고 아버지의 친구인 강병철 아저씨가 감독으로 계셔서 야구장에 자주 놀러 갔다. 운동장에 가면 엄청나게 거인이었던 김용희, 김용철 아저씨들이 목마를 태워 주시기도 했다. 그 해에 최동원 선수의 미친 활약으로 롯데가 우승까지 했으니, 야구와 나의 첫 만남은 이보다 더 짜릿할 수 없었다.

1984년 롯데 자이언츠가 우승하던 해 부산의 야구 열기는 2002년 월드컵을 방불케 했다. 홈경기가 있는 날이면 난 매일 아버지의 손을 잡고 야구장에 가거나 아파트 위층으로 올라갔다. 우리 아파트는 보스턴 레드삭스 홈구장의 그린 몬스터처럼 야구장 바로 뒤에 붙어 있어서 고층으로 올라가면 야구를 공짜로 관람할 수 있었다. 아버지는 항상 8층 구석에 자리를 잡으셨는데, 난 8~10층을 왔다 갔다 하며 동네 친구들과 함께 봤다.

우리가 저녁을 일찍 먹고 올라가면 이미 아파트의 열혈 야구팬들은 모두 모여 있었고, 몇몇 분들이 가지고 온 당시의 인터넷, 라디오를 크게 틀어 놓고 야구 중계를 다 함께 들었다.

아버지들은 삼삼오오 모여 복도에서 소주를 드셨고, 아주머니들은 "아따~ 술 너무 많이 마시지 마소!" 하시면서도 닭똥집이나 김치찌개 등의 안주를 꺼내 주시곤 했다. 이웃이 정말 사촌인 시절이었다.

문화아파트 야구 관람 중 가장 기억에 남는 스타는 역시 최동원이다. 불세출의 에이스는 리그를 씹어 먹었다. 메이웨더 vs 파퀴아오 이상의 관심을 불러일으킨 선동열과의 운명의 맞대결도 기억에 남지만, 지금도 잊히지 않은 경기가 하나 있다.

그날 경기는 후기리그 우승을 위한 아주 중요한 경기였고, 상대는 추억의 MBC 청룡, 상대 투수는 에이스 유종겸이었다. 박빙으로 진행되던 경기 후반, 롯데는 1점을 뒤지고 있었는데 마지막 찬스를 잡았다. 투 아웃에 주자 두 명이 누상에 출루했다. 절체절명의 상황에서 대타가 들어섰다. 그런데 갑자기 야구장이 술렁이더니 열광의 도가니로 바뀌었다.

복도에서 술잔을 기울이던 아저씨들도 평소와는 다른 경기장 쪽 함성 데시벨에 "누가 대타로 나왔는데?" 하면서 라디오 볼륨을 높이셨다. 난 목에 걸고 있던 망원경을 재빨리 빼서 대타석을 쳐다보았다. 누구지? 백넘버와 이름이 잘 보이지 않았다. 그래서 얼굴을 살폈는데, 헉! 뿔테 안경. 8층의 모든 사람이 깜짝 놀랐다. 라디오 해설자도 흥분하며 소리쳤다.

"대타 최동원! 백넘버 11번 최동원이 맞습니다. 최동원 선수가 대타로 들어섭니다!"

절체절명의 상황에서 대타로 들어선 선수는 바로 에이스 투수 최동원이었다. 복도 저쪽에서 얼큰하게 술 취한 아저씨 한 분이 외친다. "최동위이네. 최동위이. 다들 잘 모르나 본데, 최동위이가 경남고등학교에서 4번 쳤다 아이가. 빠따도 좋다. 경남고 4번 타자 아무나 치나."


이미 최동원이 타석에 등장한 것만으로도 경기장의 열기는 최고조에 달했다. 그리고 역시 스타는 스타였다. 최동원은 그 중요한 순간에 오른쪽 타석에 들어서서 공을 몇 개 본 후 유종겸의 공을 깨끗하게 밀어쳤다. 타구는 빨랫줄처럼 뻗어 나가 펜스까지 굴러갔다. 역전 2타점 2루타.

그 순간 구덕야구장과 문화아파트 8층, 9층, 10층은 난리가 났다. 도로의 차들도 경적을 울리기 시작했다. 내가 소주 한잔 달라고 해도 주실 분위기였다. 2002년 월드컵 8강전에서 홍명보가 마지막 승부차기 골을 넣으며 4강 진출에 성공한 순간의 전율을 난 1984년의 그날, 부산 대신동 문화아파트 8층에서 먼저 만끽할 수 있었다.

그렇게 운명적으로 만나서 좋아하던 야구, 그리고 롯데 자이언츠였다. 내 삶의 큰 부분을 차지하던 야구에 매년 조금씩 흥미를 잃어갔다. 김성근 매직 때 한화로 갈아타기도 했지만 여전히 롯데는 애증의 구단이었다.

올 시즌을 보내고 나니 확실히 이야기할 수 있다. 난 이제 프로야구에 완전히 관심이 없어졌다. 더 이상 매일 저녁 6시 30분부터의 시간을 빼앗기지 않는다. 달달 외우던 선수들의 스탯이 더 이상 의미 없는 숫자들이 되었고, 스포츠 뉴스로 경기 하이라이트도 보지 않는다. 야구는 마치 세팍타크로, 노르딕 복합 경기만큼 나와 아무런 상관이 없는 종목이 되어버렸다. 야구는 다시 나를 찾을 수 있을까.

분리수거장에 종이박스가 평소보다 2~3배 많이 쌓여 있다. 각종 기분 좋은 박스들, 내 마음까지 풍성해진다. 추석이구나.

어린 시절, 내가 가장 좋아하던 박스는 추억의 종합과자선물세트 박스였다. 박스를 허겁지겁 뜯으면 그 안엔 계란과자, 에이스, 꼬깔콘, 맛동산, 연양갱, 샤브레, 가나초콜릿, 밀크카라멜 등이 가득 들어 있었다. 아이들 선호도와 상관없이 부진재고 소진 차원에서 들어갔을 것 같은 고려은단껌 같은 제품들은 어머니께 쿨하게 양보했다. 배송 중 다 부서져 있던 에이스, 크림웨하스 등도 기꺼이 친구들에게 분양했다.

어른들을 위한 그 시절 종합과자선물세트가 나온다면 주변 사람들에게 기꺼이 하나씩 보내주고 싶다. 우리가 추석 때 정말 받고 싶은 것은 형식적인 스팸, 참기름, 홍삼이나 와인 세트가 아니라 어린 시절의 추억이다. 이제 다들 고려은단껌도 좋아할 것 같은데.

　　불면증에 시달려 아침마다 퀭한 나에게 장모님이 목사님 설교 동영상을 보내주셨다. 와, 이거 괜찮겠다. 우리 목사님 목소리 톤이 워낙 중저음이신 데다 속도도 느린 편이라 자장가처럼 들릴 수도 있겠다. 새벽 5시까지 잠 못 든 오늘, 양도 세어보고 명상도 해 보고 칠흑 같은 어둠도 만들어봤지만 소용없었다. 그래서 마지막 카드로 설교 동영상이 떠올랐다.

　　그래, 눈을 감고 들어보자. 이건 자장가야. 잠을 주관하시는 하나님, 절 잠들게 해 주소서. 오해하실라, 영원히 잠들게 해 달라는 게 아니고 6시간만 스트레이트로 자게 해 주소서. 온몸에 힘을 빼고 눈을 지그시 감았다. 잠을 부르는 볼륨 2로 맞췄다. 설교가 시작되었다. 그리고 난 한 시간짜리 설교를 끝까지 다 들었다. 불면증 때문이 아니라, 신앙심이 깊어진 거로 치자.

Texas 모자를 쓰고 다닌다. 두 번째 하와이 때 마우이 Target에서 10불 주고 샀던 녀석이다. 아직은 머리가 빠진 부위가 야구모자로 다 덮이지만, 확장 속도를 보면 곧 빵모자가 등장해야 할 것 같다.

침대에만 누워 있다 보면 생각이 꼬리에 꼬리를 물다 삼천 포로 빠지기 쉽다. Texas 모자를 초점 풀고 쳐다보니 매직아이처럼 x라는 녀석이 두둥실 떠올랐다. 이 녀석은 뭔데 'ks' 두 개의 발음을 하는 걸까. 근데, exactly 할 땐 또 'gz' 발음이다. xerox는 또 'z' 발음이다. 그러면 우리 애들 영어 이름을 xiu, xia라고 지으면 멋지겠다는 생각을 했는데, 중국 사람 같다. 심지어 xia는 시아잖아. 시아준수처럼. 영어 발음으로 이런저런 생각을 해 본 것은 발음기호를 배우던 1989년 이후 처음인 것 같다. 발음 깔끔한 Boston 모자나 살 걸.

영어와 골프는 내 또래 모든 남자의 숙제다. 난 몇 년 전부터 이 둘을 내 삶에서 과감히 지웠다. 그 후 내 삶이 조금 더 풍족해진 것 같다. 야구를 포기했을 때처럼 저녁과 주말이 있는 삶이 따라왔다. 지금은 우리말도 힘겹게 하지만, 컨디션 회복하고 시간이 생겨도 영어나 골프를 해야겠다는 생각은 전혀 들지 않는다. 시간이 나면 시간 좀 버리며 살겠다. 아무것도 하지 않아도 불안해하지 않는 마음가짐은 이미 내 안에 자리를 잡았다. 괜히 이것저것 해 보려고 하다가 지영이에게 "누가 당신 보고 돈 벌어 오래? 이러지 마."라는 꾸중도 들어보고 싶다. 당분간은 아침 점심 저녁이 있는 삶을 누려보자.

다시 영어와 골프로 돌아와서, 영어는 원래 네이티브였는데 수술로 인해 다 까먹었고, 골프도 싱글이었지만 과도한 몸통 회전은 뇌에 안 좋아서 은퇴한 거로 치자. 포기하면 생기는 이 시간적 여유가 참 좋다. 역시 덜어내야 채워진다.

2018년 7월, 8월 그리고 9월. 또 한 달이 흘렀다. 다시 한번 주변 사람들에게 나의 근황을 알릴 시간이다. 복기조차 하기 싫을 만큼 무표정한 시간이 지나갔다. 촌스럽게 아픈 티를 안 내려고 노력했지만 7, 8월과 비교해도 압도적으로 힘들었던 9월이었다.

두 달 전, 수술을 끝내고 병원에서 퇴원하던 날 집으로 가던 차에서 바라본 하늘은 1980년대 부산 대신동 문화아파트 놀이터에서 시소가 오르락내리락할 때 5초에 한 번씩 시야에 들어오던 그 하늘빛이었다. 물론 outside temp는 41도로 찍혀 있었지만.

몸은 별로였지만 기분은 최고였던 날이었다. 그날의 컨디션이 내 생애 컨디션 중 가장 바닥일 거란 믿음이 있었다. 하지만 나랑 싸우고 있는 녀석은 무한 긍정 에너지와 자기 최면만으로 쉽게 이길 수 있는 상대가 아니었다.

돌이켜 보면, 퇴원하던 날의 컨디션은 지하 3층 정도였다. 웬만한 건물들은 지하 3층이면 바닥이지 않나. 내 인격의 크기가 지상 3~4층밖에 되지 않기에, 더더욱 지하 3층이면 충분히 내려왔다 생각했다. 난 자신감이 충만하였고 즉각적인 리바운딩을 꿈꿨다. 하지만 내게는 방사선 30회라는 다른 괴물이 기다리고 있었다. 우리 몸의 지하 바닥은 더럽게 깊었다. 난 퇴원 후 지하 3층에서 시작해서 매주 한 층씩 더 내려갔다. 내려갈 공간이 계속 남아 있다는 것이 신기할 정도였다.

이제는 실감이 난다. 정말 길었던 사투가 끝났구나! 지금 내가 서 있는 곳은 바로 밑에 맨틀이 있을 것 같이 깊숙한 지하 10층이다. 밥도 제대로 못 먹고, 말수도 많이 줄어들고, 표정도 최강희 감독처럼 무표정해지고, 조금만 빠르게 움직여도 현기증이 나고, 콧물 줄줄 흐르고, 하루에 담배 3갑씩 피는 사람처럼 기침을 많이 하고, 수면제를 안 먹으면 아침까지 불면에 시달리고, 기력이 딸릴 땐 비 오는 날 관절 쑤신 할아버지처럼 "으어, 아이야, 아이고, 아이고야~." 신음소리도 내고… 쓰다 보면 끝이 없다. 확실한 건 지하 10층은 정말 추한 곳이다.

여기저기서 안부를 물어오면 이까짓 거 견딜 만하다고 대답하고, 나를 만나러 온 사람들에게 괜찮다는 표정을 지어 보이는 것도 상당한 에너지가 필요하여 버거웠다. 그래서 지난 6주간 날 보러 온다는 약속들도 대부분 양해를 구하고 취소했다. 휴대폰도 전자파가 뇌종양 원인 중 하나일 수 있다는 찌라시를 읽은 후 저 멀리 던져졌으며, 1995년 나우누리를 통해 통신에 입문한 후 매일 켜던 컴퓨터도 한 달간 꺼 두었다. 그저 말을 줄이고 힘든 티를 너무 모양 빠지게만 내지 않는 정도가 내가 할 수 있는 최선이었다. 그래도 최선은 다한 것 같다.

그러다 갑자기 컴퓨터를 켰다. gloomy sunday지만 오늘 꼭 글을 쓰고 싶었다. 멍 때리고 안마의자에 몸을 맡기고 있는데, 불현듯이 내일부터 컨디션이 상승할 것 같은 기분이 들었다. 점심때 내가 그렇게 노래를 부르던 햄버거와 콜라를 지영이가 보우하사 마침내 먹게 되어 기분이 반짝하는 걸까. 그래도 내 감을 믿는다. 오늘 한 달 만에 코 한쪽이 뚫렸다. 코 뚫리면 시작이지. 내일부터 한 계단씩 올라갈 것 같은 느낌이다. 그래서 훗날 지하 10층에서도 힘을 내어 글을 남겼다는 것을 기록하고 싶어서, 이 글을 쓰고 있다.

글에선 척을 할 수 있다. 괜찮은 척, 강한 척. 게다가 이럴 때일수록 발랄한 기운을 끌어내는 것이 내 특기가 아니던가. 하지만 이번 글은 발랄함이나 씩씩함을 쏘옥 빼고 지금 컨디션과 기분을 가감 없이 전달하고 싶다. 지금 내 얼굴이랑 헤어스타일로는 길 가는 사람 아무나 웃길 수 있는 추레한 상태지만, 글만은 진솔하게.

위 문장을 쓰고 많은 글을 썼다 지웠다. 써 놓고 보니 너무 우중충했다. 아픈 걸 진솔하게 쓰는 게 무슨 의미가 있겠는가. 그래서 아픈 내용은 여기까지만 하자. 9월에 아픈 거 말고 또 무엇을 했을까.

책은 20권, 영화는 10편 정도를 본 것 같다. 역시 환자에겐 책보단 영화가 친절하지만 보고 싶은 영화가 거의 남아 있지 않은 탓에 책을 봤다. 작년부터 올해까지 2년간 영화 300편 보기에 도전 중인데 이변이 없는 한 채울 수 있을 것 같다. 이렇게 압축 감상을 280편쯤 하고 나니 진짜 볼만한 영화가 씨가 말라 버렸다. 280편 중 유일하게 만점을 준 영화는 3편, '플레이스 비욘드 더 파인즈, 맨체스터 바이 더 씨, 허공에의 질주'였다. 이 다음에 인터넷에서 '영화 300편 리뷰'라는 스크롤 압박 끝판왕 글이 올라오면 내 글일 것이다. 좋은 영화들을 생각하니 기분이 조금 나아졌다.

결혼한 지 10년이 넘은 부부들은 서로에 대해 더 알 것도, 알고 싶은 것도 없을 것이다. 지난 두 달간, 내 곁엔 지영이가 있었다. 나와 친한 사람들은 알 것이다. 나는 결혼을 참 잘한 것 같다는 이야기를 들으면 "나도 그렇게 생각해. 나 결혼은 진짜 잘했어."라고 대답한다. 아프기 전에도 그랬다. 책 〈하와이 패밀리〉 가족소개에선 지영이를 '모두가 좋아할 만한 성격'이라고 설명했다. 그런데 지난 두 달을 옆에서 함께 지내고 나니, 내가 생각한 것보다 지영이는 훨씬 훌륭한 사람이란 것을 다시 한번 깨닫게 되었다. 지영이 자랑을 하기 시작하면 아라비안나이트처럼 끝이 없을 것 같다.

11년간 함께 살면서 버럭 화를 내는 것을 본 적이 없다. 특히 아이를 키우면 스스로의 분을 못 이겨 폭발할 위기가 얼마나 많은가. 그런 숱한 상황에서도 단 한 번도 폭발하는 것을 보지 못했다. 남들이면 고성부터 터져 나올 법한 훈계 장면에서도 항상 적당한 톤 앤 매너를 유지하고, 엄마가 지금 왜 화를 내는 건지 조곤조곤 설명해 주고, 아이가 무엇을 잘못했는지 스스로 깨달을 때까지 기다려준다. 아무리 아이가 크게 혼나마땅한 짓을 했다 하더라도 "그래도 화를 낸 건 엄마도 잘못했어. 엄마도 부족한 부분이 많아. 미안해."라는 사과와 함께 허그를 하며 훈훈하게 상황을 종료한다.

수술을 앞두고 가장 큰 고민이 부산에 계신 아버지였다. 현 상황을 어떻게 전달해야 할지. 주위 분들에게 내 수술 소식을 알리지 않았던 가장 큰 이유도 건너건너 아버지에게 잘못 전달될까 걱정이 되어서였다. 나의 이런 고민을 지영이는 당연히 눈치챘다.

"오빠, 부산 아버님께 뭐라고 말씀드려야 할지 스트레스받고 있지? 내가 다 알아서 할게. 지금, 이 순간부터 오빤 부산 가족들 신경은 전혀 쓰지 마."

그 후로 두 달 동안 아버지 걱정을 전혀 하지 않았다. 아프기 전에도 지영이는 일주일에 두세 번은 꼭 전화를 드려서 말벗이 되어 드리고 있는데, 내가 아픈 이후로는 더 자주 통화를 하는 것 같았다. 그리고 커뮤니케이션 전문가답게, 나의 현재 상황을 정확히 전달하되 아버지가 걱정하지 않을 수준으로, 아버지가 좋아하시는 문장들을 사용하여 잘 전달했다. 아마 내가 아버지와 직접 통화를 해야 하는 상황이었으면 정말 큰 스트레스였을 것 같다. 아픈 것만큼 아버지에게 큰 불효가 어디 있겠는가. 내 지인들과의 소통도 지영이가 맡았다. 지영이 덕분에 지난 두 달간 스트레스받지 않고 나에게만 전념할 수 있었다.

그리고 개코와 식어버린 혀를 동시에 가진 이후 매 끼니 먹는 것이 고역이었다. 지영이는 회사 생활을 하면서도 새벽과 밤 늦게까지 남편 먹을거리를 만드느라 애를 썼다. A를 못 먹으면, B를 해서 먹이고, B도 못 먹으면 C를 꺼내 오고. 그 덕분에 평소 68kg이었던 내가 수술 후 퇴원할 때 63kg이 되었는데, 7주가 지난 지금도 63kg을 유지하고 있다. 밥을 먹고 나면 걸어야 한다며 다리 힘도 차갑게 식어버린 반려남편 손을 잡고 동네 한 바퀴씩 산책을 돌아주었다. 지영이의 이런 노력이 없었으면 난 앙상한 뼈만 남아 있었을 수도.

음식 준비뿐 아니라 애들 뒷바라지, 설거지, 청소, 분리수거 등등 집안일을 하고 중간중간 노트북을 켜고 일을 했다. 수시로 싱가포르와 컨퍼런스 콜을 하러 구석방으로 들어갔다. 일을 할 땐 10년 전 제일기획 김지영 대리 시절의 모습이 그대로 보였다. 정말 집에 있는 시간엔 단 1분도 쉬지 않았다.

그리고 자기 전엔 내 옆에서 성경을 읽어주었다. 내게 힘을 주는 해석을 곁들여서. 이렇듯 79년생 김지영으로 글을 쓰면 무궁화 훈장 하나는 받을 것 같다. 지난 두 달간 아내로서, 딸로서, 엄마로서, 며느리로서, 직장인으로서 이 모든 것을 슬기롭게 이겨내는 모습을 지켜보는 것은 감동적이기까지 했다. 내 와이프 지영이, 내가 알고 있는 것보다 훨씬 훌륭한 사람이었다.

며칠 전 긴급 컨퍼런스 콜이 하나 잡혔다며 부랴부랴 작은 방으로 들어갔다 나오더니, 수줍게 한마디 했다.

"오빠, 나 승진했대."

"오빠 이제 하고 싶은 일 하면서 살아. 돈은 내가 벌게."

내가 주변 사람들에게 가끔 하는 말이 있다. 모두 와이프라는 단어가 공통으로 들어간다.

"우리 와이프도 한번 소개해 드리고 싶네요."

"우리 집에 놀러 오세요. 와이프도 손님 오는 거 좋아해요."

"다음에 와이프랑 같이 식사 한번 해요."

이 말들은 내가 진심으로 구사하는 최고 수준의 인사말이다. 이 말을 듣는 사람은 내가 정말 좋아하고, 계속 친해지고 싶은 사람이다.

김지영 이사님, 승진 축하해. 너로 인해 내가 완치되고, 너로 인해 내가 더 크게 쓰일 수 있는 사람이 될 것 같아. 모든 것이 고맙다. 우리 더 행복하자.

마지막으로, 지영이의 이사 승진 소식이 나로 인해 쳐져 있던 주변 가족들에게 큰 힘이 된 가운데 그 소식을 들으신 장인어른의 한마디가 가장 임팩트가 있었다.

"등기이사야?"

2018년
10월

# 이젠
# 안 아플 때도
# 됐는데…

　　나의 첫 번째 직장, 삼성전자 마케팅팀. 참 열심히 일했다. 정신 차려보면 자정이 되어버린 월요일, 월요일에 끝내지 못한 일들을 여전히 끝내지 못한 화요일을 지나 달력에서도 'W.T.F'이라 욕하는 수, 목, 금요일을 계속 야근해도 주말에 하루는 풀로 일하던 시절이었다.

　　엑셀에 파묻혀 루틴한 업무들을 끝없이 반복했지만 바꾸고 싶은 일들은 있었다. 봄 행사는 언제나 '아카데미 페스티벌', 여름철 행사는 늘 '쿨 섬머 페스티벌'이었다. 나쁘지 않은 이름들이었지만 변화를 주고 싶었다. 난 파릇파릇한 신입사원답게 참신한 이름을 생각해 봤지만 뾰족한 아이디어가 떠오르지 않았다. 그리고 너무너무 바빠서 이런 고민을 차분히 할 틈도 없었다. 신제품, 주력제품, 판촉물, POP, 카탈로그, 매체 홍보 등을 늦지 않게 준비해서 무슨 이름이건 행사를 날짜에 맞춰 런칭하기만 해도 성공이었다. 변화의 시작으로 '쿨 섬머'라도 바꾸고 싶어서 한참을 고민하여 나온 단어가 겨우 '핫 섬머'였다. 어린 시절 더 창의적으로 놀았어야 했다.

그래도 판촉물까지 매년 동일하게 USB를 주는 것은 마지막 자존심이 용납할 수 없었다. 마케팅 4P 중 Promotion 하나라도 내 멋대로 해 보고 싶었다. TV도 판촉물로 홈 시어터가 아닌 스팀청소기를 주는 세상인데. 그래서 난 좀 달라 보고자 접이식 자전거, 맥라이트 후레쉬, 던킨도너츠 쿠폰 등을 붙여 보기 시작했다. 이렇게 몇 년 해 보고 깨달았다. IT제품 판촉물로는 USB만 한 것이 없구나. 매년 마케팅 그루 선배들이 반복하는 데는 이유가 있구나.

오늘 집에서 컴퓨터를 좀 써보려고 마우스를 찾다가 문득 삼성전자 국내영업사업부 마케팅팀 디지털정보사업그룹 선후배들이 떠올랐다. 나에게 일의 모든 것을 가르쳐 준 소중한 분들인데 겨우 마우스 찾다가 생각나서 죄송했다. 마이클 포터의 Five Forces 정도는 생각하며 떠올려야 하는 한국의 필립 코틀러 같은 분들인데. 사회생활의 고향 같은 분들, 항상 감사드려요. 쾌차하면 찾아뵐게요.

앞에도 잠시 등장했던 부산 친구 류지훈. 5~6살 때 같은 아파트 같은 층에 산 인연으로 친구가 된 후 함께 치카치카도 배우고 좌변기에서 응아 하는 것도 배웠다. 횡단보도를 건널 때 손도 같이 들고 건너던 아이들은 커서 첫 담배, 첫 술도 같이했다. 40년 가까이 친구로 지내며 단 한 번도 다투거나 의견이 다르지 않았다. 한때는 나랑 체형이 비슷했지만, 지금은 참치가 되고 싶은지 살이 오를 대로 올랐다. 그리고 유일하게 나보다 더 잘 자는 녀석이다.

지금 생각하면 진짜 부끄럽지만, 둘이서 크리스마스이브 날 이승환 콘서트에 간 적이 있다. 모두가 덩크슛 노래에 맞춰 스탠드업 해서 떼창하며 춤을 추고 있었는데, 옆에 보니 이 녀석은 좌석에 벌러덩 누워서 코까지 골며 자고 있었다. 올림픽 체조경기장에 모인 3만 명에게 육성으로 사과하고 싶었다.

이 녀석과 난 술을 못하고 싫어한다는 공통점이 있다. 우리 둘이 삼겹살집에 가서 주문하는 걸 들으면 완전 애기들이다. "이모, 여기 삼겹살 3인분이랑 콜라 하나, 사이다 하나 주세요."

가끔 성인 남자 둘이 술을 안 시키는 것이 쪽팔려서 소주를 관상용으로 한 병 시킬 때도 있다. 그러면 더 가관이다. 소주병에 반병 이상 들어 있고, 앞에 놓인 소주잔에 한 잔씩 가득 담겨 있는데, 둘 다 얼굴이 벌겋게 변해 있다. 도대체 뭘 마시고 취한 걸까.

지훈이에게 며칠 전에 톡이 왔다.
지훈 : 내일 올라간다. 집 주소 찍어라.
나 : 다음에 온나. 아직 좀 그렇다. (몸이 여전히 안 좋던 시기였다)
지훈 : 니랑 내랑 내일 워커힐 호텔에서 잔다. 조식 뷔페 때리고 메이저리그나 보자.
나 : 지기네.

지훈이는 내가 입원해 있을 때도 다짜고짜 서울에 올라와서 지영이에게 하루 휴식을 줬다. 병원 밥을 보더니 편의점에 가서 함박 스테이크와 육즙 가득한 만두를 사 왔고, 밥 먹고는 홈런볼을 줬다. 천국의 맛이었다. 친구가 온다는 걸 알고 하루 1리터씩 나오던 누런 콧물이 갑자기 잦아들었다. 할아버지 기침 소리도 잠시 자취를 감췄다. 스스로 분위기 파악을 하는 고마운 내 몸이다.

다음 날 녀석은 진짜 부산에서 쳐들어왔다. 그리고 이승환 콘서트를 함께 간 것보다 더 모양 빠지게, 남자 둘이 호텔에 갔다. 다행히 이 녀석이 중국 부호처럼 생겨서 별로 부끄럽진 않았다. 호텔에 도착하자마자 철이 없는 멘트를 뱉어냈다. "수영장 가자." 내가 무슨 수술을 했는지 생각 좀 하자.

우린 객실 침대에 자석처럼 붙어버렸다. 침대 하나씩 차지하고 벌러덩 누워서 스포츠 중계란 중계는 다 봤고, 다음 날엔 계획대로 조식 뷔페를 즐긴 후 다시 벌러덩 누워 메이저리그 생중계를 시청했다. 얼마만의 신선놀음인가. 우리가 구사하는 단어는 4자를 넘지 않았다. "지기네. 또라이네. 하지 마라. 심하네. 미친나. 끄지라." 등등.

친한 친구는 자주 보지 않아도 된다. 정전이 되면 촛불을 찾듯, 필요할 때만 찾아도 충분하다. 친한 사이면 서로에 관해 이야기하지 않는다. 함께 다른 사람을 씹는다. 웃음소리도 클래스가 느껴지는 "하하하."가 아니라 방정맞은 "크크크, 낄낄낄."이다. 이 과정에서 생기는 것이 면역력과 엔도르핀인가 보다. 코를 천둥소리처럼 고는 녀석이 바로 옆 침대에서 자고 있었지만, 이날은 불면증에 시달리지 않았다.

신기하게 이날 이후 컨디션이 조금씩 회복되었다. 워커힐 강제 외출이 이번 투병 생활의 터닝포인트가 되었다. 역시 날 가장 잘 아는 친구가 최고의 의사네.

　　가장 힘들었던 날. 위기는 엉뚱한 곳에서 찾아왔다. 시작은 변비였다. 약을 너무 많이 먹어서 그런가. 처음으로 변비가 찾아왔다. 그래, 면역력이 바닥이라 모든 증상이 한 번씩 다 찾아오고 있는데 변비도 한번 올 때 됐지. 놀랍지도 않았다. 주먹만 한 돌덩어리가 아랫배에 자리 잡았다. 이런 느낌은 처음이었다. 돌덩어리를 깨부수고자 한 시간을 화장실에 앉아 있었는데도 꿈쩍도 안 했다. 실제로 배를 때리기도 했다. 이거, 장난이 아닌데. 얼굴에서 웃음기는 사라졌고 서서히 불안해졌다.

　　그때 갑자기 든 생각, 변비의 반대말은 설사잖아. 순간 반짝하며 지영이가 건강검진 대장내시경약을 받아 놓은 게 떠올랐다. 난 서둘러 대장내시경약을 벌컥벌컥 마셔버렸다. 그땐 내가 천재라고 생각했다.


　　잠시 후 내 몸 상태는 역대급으로 더러운 상태가 되었다. 아랫배를 막고 있는 돌덩어리들은 더 강력하게 세를 넓혀가며 딱딱해졌고, 그 위로 대장내시경약 군단이 끌고 오는 부글부글

설사들이 쌓여갔다. 사람 몸이 자연 상태에서 변비와 설사를 동시에 머금고 있을 수 있을까. 그게 나였다.

얼마나 힘들었으면 일하고 있는 지영이에게 전화해서 SOS를 요청했다. 지영이는 서둘러 집으로 왔다. 모르는 사람이 봤으면 남편이 쓰러진 줄 알겠다.

난 심각한데 지영이는 아기들이 "요기 아포." 하면 "호~." 해 주는 온화한 얼굴로 관장약을 건네줬다. 요가 동작으로 관장을 하고 나니, 상황이 허무하게 종료됐다. 돌덩어리들은 잘게 부서진 채 장렬하게 전사했고, 드디어 퇴로가 생긴 설사들이 한꺼번에 사자후를 토하며 사라졌다.

관장약과 대장내시경약. 배 속은 냉정과 열정 사이. 아, 형용할 수 없을 이 행복감이란.

온종일 집에 있다 보니 아이들과 더 친해졌다. 지아는 요즘 잘 때 엄마가 아닌 아빠 쪽으로 온다. 동서고금을 막론하고 아이는 일단 잠이 오면 엄마를 찾게 프로그래밍 되어 있는데, 지아는 나에게 오기 시작했다. 너무 좋다.

지아는 누워서 귀도 만지고 수염도 만지고, 사람 얼굴을 만지는 것을 좋아하는데, 엄마는 예민해서 얼굴을 만지면 싫어한다. 반면 난 오른쪽 얼굴을 다 만지고 나면 반대편으로 가서 왼쪽 얼굴도 만지게 해 주니 얼마나 좋겠는가.

나도 어릴 때는 졸리면 무조건 엄마한테 꼬옥 안겼다. 그때 엄마 품과 좋은 냄새는 아직 잊을 수 없다. 지아도 훗날 내 품을 그리워할까. 아빠 품을 시큼한 땀 냄새로 기억하면 안 되니 자기 전 가글 한 번 더 하고 향수라도 뿌리고 자자.

지아를 인형처럼 안고 자고 있으면 지영이가 지아를 아이들 방으로 데리고 간다. 아빠 불편해서 잠 못 잔다고. 그래, 딸 안고 누워 있는 것도 좋은데 아빠 좀 잘게.

새벽에 자다 깬 지아는 아빠가 없는 걸 확인하고 슬금슬금 또 내 옆으로 온다. 그리고 더 격하게 얼굴을 만지기 시작한다. 그래, 아빠 잠 못 자도 된다. 계속 만져라. 아빠 품을 좋아해 줘서 고맙다, 우리 딸.

난 언제 어디서나 잘 자는 아이였다. 어릴 땐, 한겨울에 어머니가 깜빡하고 내 방에 히터를 안 틀어 주셔도 얼음장 같은 곳에서 잘 잤으며, 입도 돌아가지 않았다. 그 조그만 피아노 의자 위에서도 아크로바틱하게 누워서 잘 잤으며, 떨어져서 어디한 군데 부러지지도 않았다.

대학 땐 과친구 네댓 명이 88과 디스를 쉼 없이 피워 최루탄이 터진 듯한 메케한 연기가 가득했던 친구 자취방에 모여한국 영화 발전을 이끌어 온 유호프로덕션과 한시네마타운 영화를 볼륨 높여 볼 때도 동요하지 않고 구석에서 조용히 잤다.

그리고 내 자취방으로 돌아와서는 이미 이불을 선점한 룸메이트 녀석들을 보며, 겨울 코트 두 개를 꺼내 들고 구석 자리로 가서 하나는 깔고, 하나는 덮고 잤다. 당연히 친구 코트를 깔고 내 코트를 덮었다. 이 정도면 나의 승리라 생각했지만, 다음날 나보다 먼저 나간 룸메이트는 덮고 있던 내 코트를 입고 나갔다. 난 깔고 자서 꼬깃꼬깃해진 친구의 코트를 입고 신촌으로 나가 90년대 중반을 강타한 그런지룩을 선도하였다.

시험 기간에는 24시간 열어두는 도서관 열람실에 야심 차게 도착해서 1시간 정도 공부하고, 잠깐 눈 좀 붙인다고 책상에 엎드리면 아침에야 눈을 떴다. 물론 개운했다. 만약 내가 코를 골았다면 누군가는 나를 깨웠겠지만, 난 생사 확인이 필요할 만큼 쥐 죽은 듯 조용히 자는 편이다.

하루에 6~7시간 이하로 자는 것은 자신에 대한 학대라 생각해서 언제나 푹 잤다. 회사 다니면서도 잠이 부족하다 싶으면 문 걸어 잠그고 낮잠을 자는 것이 낙이었다. 내 뇌의 기본 욕구를 관장하는 부분은 이처럼 수면욕이 대장이었다.

그런 내가 불면증에 걸렸다. 10시에 누워도 새벽 4~5시나 돼야 잠이 들었다. 머리를 최대한 비운 상태라 이런저런 생각이 많은 것도 아닌데 도통 잠이 오질 않았다. 양도 세어보고, 명상도 해 보고, 미지근한 물에 샤워도 해 보고, 목사님 설교 동영상도 보고, 가독성이 떨어지는 책들도 읽어보았다. 그래도 잠이 오지 않았다. 불면은 엄청나게 괴로운 경험이었다. 수면의 질이 떨어지니 온종일 컨디션 저하로 이어지는 악순환이 반복되었다.

결국 수면제를 처방받았다. 역시 약효는 좋았다. 수면제를 먹고 1~2시간이 지나면 몸이 나른해지기 시작하고 어느새 잠이 들었다. 그런데 이미 복용하고 있는 약도 많은데, 수면제까지 추가로 먹는 것이 괜히 싫었다. 먹다 말다를 반복했다. 안 먹은 날은 1~2시까지 다시 불면과 싸웠고, 그걸 본 와이프는 지금이라도 수면제를 먹으라고 권했지만, 그 시간까지 안 먹고 버틴 게 아까워 거부하다가 결국 4~5시에 잠이 들었다. 참 미련했다. 약을 하루에 8알 먹는 것과 9알 먹는 것이 무슨 차이가 있겠냐만, 이상하게 수면제를 먹는 것은 자존심이 상했다. 유호프로덕션의 유혹도 이긴 내가 수면제라니.

역시 시간은 모든 것을 해결해 준다. 이젠 수면제를 완전히 끊었다. 여전히 잠을 조금 설치긴 하지만 10월 들어선 1~2시에는 잠이 든다. 이 또한 지나간 것 같다. 아프니까 당연하던 것들이 감사하다. 너무나도 당연하던 잠을 수면제 없이도 잘 수 있다는 것이 이렇게 행복한 일이라니. 새벽 4시야, 우리 이제 그만 만나.

동물 놀이를 좋아하는 지아에게 우리 가족을 동물에 비유해 보라고 했다. 지우는 고양이, 지아는 수달, 엄마는 사슴, 아빠는 악어라고 했다. 그리고 외할머니는 사자, 외할아버지는 호랑이, 삼촌은 스컹크라고 했다. 사슴, 고양이, 수달은 모두 귀여운데, 아빠만 악어? 이런 건 정신과 심리 테스트할 때 가정 폭력 일삼는 아빠가 있는 집에서나 나오는 결과 아닌가. 아빠 집에서 카리스마 1도 없는데 무시무시한 악어라니. 아빠 오해받을라.

아빠도 예쁜 걸로 바꿔 달랬더니, 별 고민 없이 곰으로 바꿔줬다. 그래, 곰은 마술도 하고 슈퍼스타 곰돌이 푸도 있으니 무시무시한 라코스테보단 훨씬 낫다. 아빠, 곰 할게.

근데 동물 별명계의 끝판왕은 따로 있다. 부산 할아버지 한창때 진짜 별명이 살모사였다는 무서운 이야기는 해 주지 않았다. 우리 가족, 서로 잡아먹지 말고 행복하게 잘 살자.

어린 시절 아버지의 강한 에피소드들이 참 많다.

우리 집의 첫 차는 포니였다. 아버지는 그 귀여운 차로 화물 트럭들이 질주하던 거리에서 조심스럽게 운전을 하고 다니셨다. 1980년대 부산에선 담배를 꼬나물고 운전을 하다가 서로 눈만 마주치면 미간부터 찌푸리던 스트리트 파이터들이 넘쳐났다. 부산에서 아이 컨택은 위험한 행위였고, "뭘 째려보노, 이 자슥아!" 정도는 욕 축에도 못 끼던 시절이었다.

운전을 예쁘게 하시던 아버지는 누군가가 무례하게 끼어들거나 시끄럽게 빵빵거리는 것까진 참으셨지만, 창문을 내리고 욕을 하고 지나가는 사람은 참지 못하셨다. 욕을 듣는 순간 우리 차의 목적지는 바뀐다. 아버지는 딸을 납치당한 '테이큰'의 리암 니슨으로 돌변하셔서 그 차를 맹렬하게 쫓아가셨다.

그렇게 욕을 하고 가는 사람들은 대부분 컨테이너를 싣고 가는 트럭 운전사분들이거나 유독 어깨 근육만 발달한 채 짧은 머리를 한 분들이었다. 나름 힘 좀 쓰고 거칠게 살아가는 터프가이들이라 상대도 안 보고 욕부터 했겠지.

아버지는 포니를 포르쉐의 속도로 운전해서 추격한 다음, 느와르 영화의 장면처럼 그 차들 앞에 우리 차를 조용히 세우셨다. 그리고 가만히 차에 앉아 계셨다. 그러면 피지컬 괴물들은 어이없는 표정으로 차에서 내려, 세상에 존재하는 모든 욕을 창의적으로 조합하여 쇼미더머니 결승전처럼 찰진 욕랩을 쏘아대며 뛰어왔다. 이들이 다가와 창문을 부술 듯 쿵쾅쿵쾅 내리치면, 아버지는 그제야 창문을 스르륵 스르륵 돌려서 내리시고 천천히 얼굴을 공개하셨다. 대사도 "이노무쉐히." 정도면 충분했다. 그다음 장면들은 비슷했다.

아버지 얼굴은 마치 자석 같았다. 그렇게 죽일 듯이 S극를 향해 뛰어오던 N극 덩치들이, 자신보다 더 강한 N극의 기운을 느끼는 순간, 한순간에 뒤돌아서 튕겨져 나갔다. 강한 남자들은 자신보다 더 강한 절대 고수를 한눈에 알아보는 법이다. 아버지가 아무런 액션을 취하지 않으셔도 다들 꼬리를 내리고 도망쳤다.

아버지가 보고 싶어 사진들을 몇 장 꺼내 봤다. 얼마 전 거제도에 가서 찍은 사진이 유독 눈에 꽂혔다. 중절모를 쓰시고 햇빛에 살짝 인상을 쓰고 계신 아버지. 난 그 사진 속에서 1980년대 길거리에서 어깨들이 보았을, 포니 운전석에 조용히 앉아 계신 아버지의 얼굴을 엿볼 수 있었다. 여전히 아버지의 N극은 강렬하게 살아 있다. 감사합니다. 아버지, 나의 영웅.

어릴 땐 여행을 가기 전엔 항상 사진관에 들러 필름을 샀
다. 당시에는 한 장 한 장이 아까워 풍경사진 따위는 사치였다.
온 가족이 다 모여 김치를 외치고 있어야 셔터를 누르던 시절이
었다. 24장 필름으로도 충분했지만 36장 필름을 넣어야 마음
이 편안했다. 그리고 여행에서 돌아오자마자 난 집보다 먼저 사
진관으로 필름을 가지고 뛰어갔다. 다음 날 현상된 사진을 찾
으러 갈 때의 설렘은 내게 또 한 번의 여행이었다.

　　아파트 1층에 있던 성은사진관은 우리 반 친구의 집이었
다. 민망한 사진을 그 친구가 봤을까 부끄러워 사진관에서 확
인하지 않고 전력 질주로 집에 와서 사진들을 가족들과 함께
돌려가며 봤다. 사람 수대로 몇 장 더 뽑을 사진들은 숫자를 적
어서 사진관에 다시 맡겼다. 그 작업이 모두 끝나야 비로소 여
행이 끝났다.

　　그때도 사진을 찍으면 이상하게 나온다고 안 찍는 사람들
이 꼭 있었다. 여행이면 단체사진을 반드시 남겨야 하는 나 같
은 사람들에겐 그들은 꼭 잡아야 하는 현상수배범이었다. 그냥

좀 찍자. 이상하게 나오지 않아, 그게 우리가 매일 보는 너의 얼굴이야.

지금은 글이 그 역할을 조금은 해 주는 것 같다. 매달 글을 쓰다 보면 지난 한 달간의 내 모습이 사진처럼 보이는 듯하다. 10년 후, 20년 후에 이 글들을 보면 얼마나 애틋할까. 글 쓰는 취미가 있어서 감사하다.

버스 정류장에 고등학생 커플이 앉아 있다. 둘 다 교복을 입은 채 이런저런 대화를 나누고 있었다.

"하늘에 떠 있는 거, 해야 달이야?"

"해겠지? 달인가? 아냐, 해 같아."

"흠, 나는 달에 한 표."

애들 지금 뭐 하고 있는 거지? 지금 오후 두 시야. 인간의 뇌는 태어날 때부터 쉬지 않고 일하기 시작해서, 사랑에 빠지는 순간까지만 일한다는 것이 확실하다.

잠시 후 그 정류장에 서는 유일한 버스가 도착했고, 그들은 버스에 타지 않았다. 단지 이야기 나눌 의자가 필요했던 순수한 커플이었다. 아메리카노 두 잔 값을 주고 싶었다.

해와 달 고등학생들, 아마 곧 헤어지겠지만 그전까지 예쁘게 사랑하세요. 그리고 그런 대화는 딴 데 가서 하거나 안 들리게 해요. 낮 두 시에 달 타령을 하면 우리 동네 품격이 좀.

아빠가 집에 있는 동안 지아는 신났다. 온종일 옆에서 떨어지질 않고, "아빠, 이 놀이하자."를 반복한다. 매일 빠뜨리지 않고 하는 놀이는 '마그네틱 코디 놀이, 장난감으로 연극하기, 피규어로 역할 놀이하기, 병원 놀이, 유치원 놀이, 화장품 놀이, 레고, 축구, 피구, 책 읽어주기' 등이다.

이 중 내가 가장 선호하는 것은 병원 놀이다. 진짜 병원에 다니는 사람으로서 놀이에서조차 수술받는 환자 역할이라 좀 끔찍하긴 한데, 환자는 침대에 계속 누워 있을 수 있다. 주사 맞고 아픈 시늉만 내면 되니 몸이 가장 편했다.

날 치료해 주는 지아 의사 선생님은 온몸에 주사를 좀 과하게 많이 놓긴 하지만, 그래도 3분 안에 모든 병을 다 고쳐준다. 배가 아프다고 했는데 청진기를 머리에 한 번 대보고 다 나았다고 해 주고, 허리가 아프다고 했는데 체온 한 번 재보고 이제 괜찮다며 퇴원을 시켜 줄 정도로 신기의 명의다.

지아 명의께서 말씀하십니다. 이 글을 읽는 모든 분들, 이제 아프지 마세요. 혹시 아프더라도, 적당한 걸로만 아프세요. 통증을 유발하지 않는 중2병, 장비병, 지름병, 연예인병 이런 것만 걸리며 삽시다.

3개월간의 수술, 치료를 마치고 오랜만에 병원에 들러 다시 MRI를 찍었다. 주치의 선생님을 만나러 가는 길은 항상 발걸음이 무겁다. 무서운 건가? 아니, 그냥 무거운 거로 하자. 물론 이분 덕분에 오늘의 내가 있다. 신경외과계에선 세계적인 명의로 유명하신 분이었고, 난이도 높았던 내 수술도 무사히 마친 참 고마우신 분이다.

답변의 범위 중 항상 최악의 경우만 이야기해 주셨기에, 오늘은 또 무슨 폭탄 같은 말씀을 하실까 조마조마했다.

주치의 선생님은 MRI 사진을 한동안 보시더니 말씀을 시작하셨다. 5분 정도 정말 많은 이야기를 해 주셨는데, 나머지는 모두 Dummy고 딱 두 마디만 기억이 난다.

"블라블라블라~ 블라블라~ 블라블라~ 블라~ MRI상으로 보면 수술과 치료는 잘된 것 같고."

"블라블라블라~ 블라블라~ 블라블라~ 블라~ 이제 6개월 후에 봅시다."

후…. "6개월 후."란 말을 듣기 위해, 지난 3개월을 그토록 힘들게 보냈나 보다. 여기까지 온 건 모두 지영이 덕분이다. 지영이의 SNS 글로도 이날을 기념해 본다.

내 인생에, 남편 인생에 이렇게 힘들었던 시간이 있었을까 싶은 3개월이 지났다. 잘 견뎌온 남편도 칭찬해 주고 싶고, 옆에서 물심양면으로 도와주신 모든 분께도 이 자리를 빌려 감사드린다. 아직 갈 길이 멀었지만, "좋습니다. 6개월 후에 봅시다." 이 한마디가 참 좋네.

그래, 아직 가야 할 길이 멀지만 기분 좋게 6개월 잘 살아보자. 기도해 주신 모든 분께 감사드립니다.

지우는 기독교 대안학교인 두레학교를 다닌다. 오늘 두레학교 신입생 입학설명회가 열렸는데, 내가 '학부모가 바라본 두레학교'라는 주제로 발표를 하게 되었다. 지우를 학교에 보내면서 틈틈이 '대안학교 대안아빠'라는 제목으로 글을 올렸는데, 감사하게도 많은 분이 이 글을 읽고 지원을 하셨다. 그래서 발표도 내가 맡게 되었다.

학교를 자랑하는 이야기는 신명 나게 세 시간도 할 수 있을 것 같지만 발표 시간은 10분이었다. 30분보다 더 힘든 게 10분 발표다. 그래도 우리 아이를 잘 키워줘서 너무나 감사한 두레학교를 위해 내가 보탬이 될 일이 있고, 수술 후 처음으로 공식적인 할 일이 생겨서 무척 설렜다. 겨우 10분인데 내 몸이 잘 견뎌주겠지.

선생님들의 교육 철학, 교과 과정에 대한 설명이 다 끝나고 내 차례가 되었다. 내가 평소에도 GQ를 막 찢고 나온 듯한 맵시 있는 수트빨을 뽐내는 사람은 아니지만, 오늘은 정장에 빵모자를 쓴 정체불명의 패션이었다. 내가 봐도 난해했다. 촌놈이 강남 나이트클럽 한번 들어가 보려고 지 딴에는 무스로 머리도 빗어 넘기고 잔뜩 멋을 부렸지만 누가 봐도 NG인 그런 패션이었다. 평소 스타일로 오해하실라.

강당에는 100명 이상이 앉아 계셨다. 그중 절반은 기존 학부모님들과 선생님들인 것 같았지만, 난 청중이 많으면 많을수록 에너지가 솟아난다. 사이즈 이즈 굿. 자, 한번 해 보자.

부푼 가슴으로 첫 인사말을 내뱉는데 헉, 이게 뭐지? 입안이 바짝 말라 있었다. 조금 전에 물도 마시고 올라왔는데, 입안이 사막이 되어 있었다. 이것도 부작용 중 하나인가, 처음 겪는 신체 현상이었다. 일단 무시하고 발표를 진행하는데, 시간이 가면 갈수록 구강 사막화가 심해졌다. 입술과 잇몸과 혀가 서로 쩍쩍 달라붙었다. 내 발음과 표정에서 당황스러움이 묻어나오기 시작했다. 난 발표를 잠시 중단하고 물을 좀 달라고 했다.

그런데 문제가 또 있었다. 이건 부작용 맞는데, 수술 후 손이 많이 떨렸다. 글씨를 쓰기도 힘들 정도였다. 물을 받긴 받았는데, 이걸 마시려고 물병을 들면 내 손이 많이 떨릴 것 같았다. 가뜩이나 발음이 이상한데, 발표를 중단하고 긴장한 듯 덜덜덜 손을 떨면서 물을 마시면 얼마나 모양 빠지겠는가.

이 진퇴양난의 상황도 모르고 내 혀는 입천장에 붙어버렸다. 그래, 두 손으로 마시면 덜할 거야. 난 돌아서서 물병을 두 손으로 공손하게 받친 채 조심스레 물을 마셨다. 이내 혀와 입술은 제자리를 찾아갔다. 휴.

그런데 2~3분 정도 말하고 나니 다시 지들끼리 쩍쩍 달라붙기 시작했다. 안 되겠다, 발표를 빨리 끝내자. 그래서 준비한 대로 하지 않고 이것저것 건너뛰며 서둘러 마쳤다. 아쉽지만 어쩔 수 없지 뭐.

마무리 1분은 사족이지만 그동안 날 위해 기도해 주신 두레학교 학부모님들과 선생님들께 감사의 마음을 전하려고 했다. 그래서 "사실 그동안 제가 좀 아팠습니다."라며 말을 시작했는데, 보지 말아야 할 눈들을 보게 되었다.

학부모님들과 선생님들이 그 순간 눈물을 훔치고 계셨다. 그분들의 눈물을 보니 갑자기 나도 목이 멨다. 이건 손이 떨리는 것보다 더 치명적이었다. 그래서 마지막 1분 멘트도 살짝 목소리가 떨린 채 서둘러 끝내고 내려왔다.

두레학교에서 겨우 4년의 인연이지만 날 위해 눈물까지 흘려 주시던 선생님들과 학부모님들, 다시 한번 감사드립니다. 더 크게 쓰임 받는 사람이 되겠습니다.

이제 좀 움직여 보자. 100일 만에 강남 나들이에 나섰다. 집 근처에서 산책은 계속했지만, 사회적응 훈련 차원에서 삼성동으로 나갔다. 훈련 코스로는 삼성동 코엑스 점심시간 전후가 제격이다. 평소 평지 산책로와는 달리 오르막 내리막도 있고, 휴대폰만 바라보며 갤러그 게임의 적기처럼 빠른 속도로 돌진하는 사람들을 피하기 위해선 상당한 변칙 스텝이 필요했다. 그러다 보니 에너지도 훨씬 많이 소모되었다.

오늘 나의 목적지는 코엑스 영풍문고. 비록 서점으로서 기본 중의 기본인 〈하와이 패밀리〉 책은 입고되어 있지 않지만, 일주일에 두세 번씩 퇴근길에 아이들 책을 사러 들르던 곳이다. 집에만 있을 때 아이들 책 사서 집에 들어가던 것이 가장 그리웠다. 한동안 아이들이 내가 퇴근해서 들어가면 첫인사가 "아빠, 책 사 왔어?"였고, 내가 그냥 씨익 웃으면 둘 다 환호성을 질렀다. 어미 새로부터 먹이를 받아먹는 아기 새들처럼, 두 아이들이 눈을 감고 손을 내밀며 책을 기다리던 모습이 너무 그리웠다.

평소보다 사지를 많이 움직인 탓에 이미 체력이 방전된 상태라 책 쇼핑을 빨리 끝내야 했다. 지우 선물로는 500 피스 퍼즐 하나와 마법천자문 43권을, 지아 선물로는 공주 스티커책과 만 5세용 덧셈뺄셈책을 하나 샀다. 4개 모두 아이들이 무척 좋아하는 것들이기에, 발걸음은 이미 집으로 향하고 있었다.

서점을 나오면서 혹시 몰라 전산 확인을 해 봤다. 〈하와이 패밀리〉는 여전히 없었다. 미쳤구나, 이런 킬러 상품을 비치해 놓지 않다니. 서점은 진열이 생명인데, 총칼 없이 전쟁에 나가는 병사와 같구나. 빨리 갖다 놓읍시다.

　　이젠 안 아플 때도 됐는데…

하루에 30분씩, 두 번 산책을 한다. 아직은 빠르게 걸을 수 있는 몸이 아니라 천천히 걸으며 주변을 감상한다. 이 동네엔 외계인 빼고 모든 종류의 생명체가 사는 것 같다. 매일 같은 코스를 산책하며 친구도 많이 사귀었다. 길고양이 30마리, 왕거미 50마리, 까치와 까마귀 200마리, 잠자리 500마리, 날파리 수천 마리 등. 서열은 확실히 정해졌다.

입 벌리고 전력 질주하면 날파리 수십 마리는 내 입으로 빨려 들어와 더러운 최후를 맞이할 수 있고, 나무 작대기만 있으면 1평 크기의 촘촘한 거미줄도 5초 내 철거가 가능하다. 날아가는 잠자리를 잡는 건 원래 내 특기였다. 까막까치는 칠월 칠석날만 외출을 허락해 줬다. 지들도 안다. 그래서 이 산책로에선 악어 정도가 새롭게 출몰하지 않는다면 내가 대장이다.

언젠가 이 친구들을 좀 더 전력화시킨 후 내가 피리 부는 아저씨가 되겠다. 내 피리 소리에 맞춰 우리가 서울 한번 같이 나가면, 소방차 두어 대 정도는 떠야 할 거다. 산책로 구석구석에 친구들이 있다는 건 참 좋다.

　　지우를 보고 있으면 정말 부럽다. 전 세계 초등학교 4학년 중 손가락 안에 들 정도로 행복한 하루하루를 보내고 있다. 두레학교와 친구들을 너무 좋아하고 얼마 안 되는 숙제는 학교에서 대부분 해결하고 온다. 귀가 후 태권도만 다녀오면 일과 끝이다. 그때부터 3층 처갓집과 4층 우리 집을 오가며 지 멋대로 논다. 이층집에 살고 있는 셈이다.

　　현재 지우의 장래희망은 작가라서 가끔은 글도 써 준다. 얼마 전 지우가 쓴 글을 소개한다.

　　제목 : 늘대 이야기

　　안녕? 난 늑대라고 해. 보통 이야기에선 늑대들이 악역으로 나오지. 하지만 우리 늑대 입장으로 들어보면 상황이 달라질걸? 저번에는 '늑대가 들려주는 아기 돼지 삼 형제' 이야기를 들려줬잖아. 이번엔 '늑대가 들려주는 일곱 마리 아기 염소' 이야기를 들려줄 거야. 늑대가 악역으로 나오는 동화는 엄청 많아~ '아기 돼지 삼 형제', '늑대와 일곱 마리 아기 염소', '빨간 모자' 등. 아무튼 이제 이야기를 시작할게.

이날은 내가 셋째 아기 돼지 때문에 감옥에 갔다가 풀려난 날이야. 난 엄청 신이 나서 집으로 가는 중이었어. 그런데 가만 있자! 오늘이 친구 결혼식 날이었어. 난 부리나케 집으로 뛰어 갔어. 집에 도착하자마자 바로 옷장을 열었지. 그런데 입을 옷이 없는 거야~! 옷 잘 만들기로 소문난 일곱 마리 아기 염소네 집으로 뛰어갔지. 일곱 마리 아기 염소네 집에 가려면 산 한 고개를 넘어야 했어. 나는 헉헉거리며 간신히 도착했지. 그런데 그때 엄마 염소가 시장바구니를 들고 밖으로 나가는 거야! 난 엄마 염소가 눈에 안 보일 때까지 숨어서 기다렸지. 왜냐고? 엄마 염소가 날 보면 바로 내쫓을 게 뻔했으니까. 산 한 고개까지 걸어왔는데 이대로 가면 안 되지!

난 엄마 염소가 눈에 안 보이자 곧바로 아기 염소들이 있는 집으로 갔어. "똑똑똑! 아기 염소들아! 엄마야~ 문 좀 열어 줘~." 이때 내가 왜 엄마라고 했냐면 늑대라고 하면 문을 안 열어 줄 게 뻔하니까! 그러자 아기 염소들이 "어? 이 목소린 우리 엄마 목소리가 아닌데?"라고 말했지. 그때 내 손목시계에서 알람이 울렸어! 이 알람은 10분 후에 결혼식이 시작한다는 뜻이야! (난 무슨 약속이 있을 땐 안 잊어버리려고 10분 전에 알람이 울리도록 맞춰 놓아)

난 바쁜 나머지 내 까만 손을 그만 문틈으로 보여주고 말았어! 이젠 아기 염소들도 내가 늑대인 걸 알게 되었지. "이 나쁜 늑대야! 우리 집엔 들어올 생각도 하지 마!" 아기 염소들은 이렇게 소리쳤지. 난 그냥 집으로 가고 싶었지만 친구 결혼식에 이런 허름한 옷을 입고 갈 수는 없잖아. 그래서 난 포기하지 않았지. 내 까만 손에 밀가루도 묻히고 목소리도 가다듬었어. 이제 준비는 다 끝난 거 같았지. 난 다시 일곱 마리 아기 염소네 집에 문을 똑똑똑! 하고 두드렸어. "똑똑똑! 아기 염소들아! 엄마야~ 문 좀 열어 줄래?" 그러자 이번엔 아기 염소들이 믿는 거 같았지.

그래서 문을 열려고 할 때 지나가던 동물들이 또 우리 할머니 욕을 했지. 그러자 난 순간적으로 나쁜 늑대로 변해서 일곱 마리 아기 염소들 집에 들어가 몽땅 잡아먹었지. 첫째부터 여섯째까지 말이야. 난 여섯째까지 먹고 정신을 차렸어. 정신을 차려보니 엉망진창인 집에 있는 거야. 난 그 집을 치워주고 싶었지만, 그땐 엄청 졸렸어. 그래서 밖에 나가 잠깐 잠을 잤지. 그런데 뭔가 찜찜한 마음이 들었어. 한참 자다 일어나 보니 벌써 저녁이었지. 아쉽게 친구 결혼식은 못 갔어.

나는 이제 결혼식도 끝났으니 집으로 가 봐야겠다는 생각이 들었어. 그래서 난 집으로 가려고 일어났지. 그런데 몸이 한쪽으로 쏠리면서 우물가에 빠졌지. 그때 일곱 마리 아기 염소와 아기 염소들의 엄마 목소리가 들렸어. "야호~! 늑대가 물에 빠졌다! 만세~." 난 엄청 슬펐어. 지금 내 글을 읽는 너라면 나에게 예쁜 옷 한 벌 정도는 줄 수 있겠지?

작가의 말

안녕하세요? 저는 이 글을 쓴 손지우라고 합니다. 이 글은 원래 있는 책 〈늑대가 들려주는 아기 돼지 삼 형제 이야기〉를 읽고 비슷하게 만든 것입니다. 이 책을 쓰게 된 이유는 늑대는 항상 악역으로 나오니까 이번엔 늑대의 입장에서 생각해 보면 좋을 거 같았기 때문입니다. 앞으로도 손지우의 책을 많이 봐 주세요. 감사합니다.

지우야, 아빠는 네 글이 너무 좋다. 네 글을 읽으면 아빠 면역력이 막 올라갈 것 같아. 글을 좀 더 많이 써 주겠니?

지아의 깨알 같은 멘트들이 쌓이고 있다.

"우리 책 제목 정했어. 하와이 패밀리. 지아야, 어때?"

"하와이 패밀리, 좋다. 이름 예쁘다. 마음에 들어. 하와이 패밀리. 그걸로 하자. 예쁘다. 근데에~ 패밀리가 뭐야?"


외할아버지가 지아에게 무언가를 하지 말라고 하셨다. 그러자 지아가 대답했다.

"할아버지 생각도 있고 내 생각도 있는데, 왜 할아버지 생각만 이야기해요?"

6살 아이가 어떻게 이런 표현을 하지? 그때 듣고 계시던 외할머니가 한마디 하셨다.

"우리 지아가 내가 40년간 하고 싶던 말을 대신해 주네."


지아가 친구와 놀고 있었다. 각자 아빠에 관해 이야기 중이었다.

"우리 아빠는 학교에 가. 학교에서 일해." 그 친구의 아버지는 대학교수였다. 그리고 그 친구가 지아에게 너희 아버지는 뭐 하는지 물었다. 지아는 한 치의 망설임 없이 대답했다.

"응, 우리 아빠는 세브란스 다녀."

흠, 내가 세브란스를 좀 많이 다녔지. 그래도 뭔가 의사 같고 좋네. 굳이 수정해 주지 않을게. 좋은 답변이었어.

지아가 날 뚫어져라 쳐다본다. 그리고 갑자기 다가오더니 뽀뽀를 해 준다. 그리고 내 귀에 대고 속삭였다. "난 아빠랑 평생 살끄야." 고맙다, 우리 딸. 혹시 네가 커서 따로 산다고 해도 이해할게. 그래도 아빠가 God father처럼 결코 거부할 수 없는 제안을 할 거야.

"냉장고에 쌍쌍바랑 딸기로 가득 채워 놓을게, 아빠랑 계속 살자."

이 순간 정말 먹고 싶은 음식이 하나 있다. 조금 부끄럽지만, 마가린 밥이다. 어린 시절 오뚜기 식물성 마가린을 크게 한 스푼 떠서 김이 모락모락 올라오는 밥 위에 넣고 사르르 녹을 때 간장 한 스푼 넣어서 비벼 먹은 마가린 밥은 내가 가장 좋아하는 메뉴였다. 어머니께서 입이 짧던 날 굶기느니 한 끼라도 먹여야 할 때 최후의 보루로 "으이구~" 하시며 해 주신 음식이었다.

마가린 밥에는 어설프게 치즈, 깨, 참기름, 김치, 김, 젓갈 따위를 넣으면 안 된다. 그건 마가린에 대한 예의가 아니다. 최근 계란밥 소스로 각광받고 있는 일본 타마고 간장도 마가린 밥에는 격에 맞지 않는다. 오직 마가린과 간장 한 스푼이면 충분하다.

마가린 밥에 대한 예찬을 늘어놓으면 끝이 없지만, 안타깝게도 마가린은 참 불쌍한 일생을 살고 있다. 트랜스지방의 대표격으로 몰린 이후로 식탁에서 사라져버렸고, 억울하게 '짝퉁 버터'란 닉네임도 가지게 되었다. 짝퉁 취급만큼 서글픈 게 없다. 나도 짝퉁 조지 클루니라는 말을 들을 때마다 기분이 썩 좋지 않다. What else? 역시 마가린의 위엄, 글을 쓰며 침이 고이게 하다니.

누군가가 마가린에 대한 오해를 풀어주면 좋겠다. 마가린이 암세포를 자살하게 한다든지, 치매 예방에 탁월하다는 등의 연구 결과를 좀 가지고 나와줬으면 좋겠다.

　　유명한 수제버거집에 갔다. 입맛을 통 회복하지 못하는 날 위해 지영이가 통 크게 햄버거집에 데리고 가줬다. 젊은 사람들이 가득한 핫플레이스였다. 난 원래 식탐이 없어서 가장 이해가 안 가는 것 중 하나가 줄 서서 먹는 건데, 오래간만의 햄버거는 얼마든지 기다릴 수 있을 것 같았다. 우린 양호하게 20분을 대기한 후 입장했고, 햄버거가 나오는 데도 20분이 걸렸다. 음식 사진을 찍지 않고 먹는 건 우리 테이블뿐이었다. 우린 SNS에 음식 사진을 안 올릴 뿐, 나름 젊게 사니 오해 마시길.

　　난 쿨하게 치즈버거에 치즈 한 장을 더 넣어 달라고 했다. 케첩 몇 개 더 달라고 할 땐 부끄러웠는데, 치즈 한 장 더 넣어 달라고 하니 조상 대대로 미국 서부에 뿌리내리고 살아왔던 사람이 된 기분이었다. 치즈 원 플러스 원의 효과인지 역시 맛집은 달랐다. 단연 수술 후 먹은 음식 중 베스트였다.

　　오랜만에 기분 좋게 한 끼를 먹고 집으로 돌아와서 '빅식'이란 영화를 봤다. 남자주인공이 영화에서 햄버거를 시키는 장

　　이젠 안 아플 때도 됐는데…

면이 나왔는데, 치즈버거에 치즈를 4장 더 넣어 달라고 하는
게 아닌가. 아, 4장쯤 더 추가해야 미국 사람이구나. 다음엔 꼭
시도해 보리라. 치즈 4장 추가. 물론 케첩 추가도.

수술 후 머리가 좀 나빠졌나? 살짝 그런 것 같다. 내 머릿속에 버뮤다 삼각지대가 생겼는지, 조금 전에 들어간 내용이 감쪽같이 사라진다. 이것이 나이를 먹어서 생긴 자연 하락인지 수술 및 방사선 영향인지는 확실치 않다. 40이 넘어서면 다들 머리가 빠지거나 나빠지거나, 아님 둘 다 하거나 하니까.

기억력 저하는 이제 평생 함께할 친구다. 사람 이름, 회사명, 가게 상호, 책이나 영화 제목 등이 잘 떠오르지 않는 것은 당연하다. 그래도 다행스러운 건 내가 지금까지 명석한 두뇌, 짐승 같은 기억력으로 살아온 인생은 아니다. 어릴 때도 하나를 배우면 하나만 알았다. 대신 남들보다 노력을 더 하며 살았을 뿐이다. 내가 좋은 머리로 여기까지 왔다면 기억력 저하가 얼마나 당황스럽고 짜증 나겠는가.

어떤 이유건 머리가 좀 나빠져도, 내가 가진 강점들에 영향을 주는 것은 아니라 감사하다.

이젠 안 아플 때도 됐는데…

2018년
11~12월

이제 아프지
않기로…

산책을 할 때 반려견을 데리고 다니는 사람들이 많다. 나도 개를 워낙 좋아하는 사람으로서, 귀여운 개들이 지나다니면 아빠 미소가 절로 나온다. 반려견이나 반려남편이나 지금 우리 팔자는 비슷하니.

　　그런데 불편한 점도 있다. 반려견 중엔 두 발로 서면 내 키만 한 대형견들도 지나다닌다. 요즘은 대부분 목줄을 하고 다니지만 산책로가 좌우로 3m 정도밖에 안 되는데 개들의 목줄은 5m 정도로 길게 늘어놓고 다닌다.

　　문제는 주인들이 하나같이 휴대폰만 쳐다본다는 것이다. 저 시커멓고 곰 만한 개들이 나에게 갑자기 쓰윽 다가와도 주인들은 알 수가 없다. 산책할 때 내 모습은 롱코트에 빵모자, 그리고 마스크까지 끼고 있다 보니, 개들이 충분히 시비를 걸 만한 몽타주인 건 인정한다. 그래서 개들이 다가올 때마다 깜짝깜짝 놀란다.


　　오늘도 이어폰까지 끼고 휴대폰에 얼굴이 반쯤 빨려 들어간 주인이 5m 목줄로 끌고 다니던 중형견 한 마리가 200km 바깥에서 피 냄새를 맡고 달려오는 상어 같은 표정으로 내 곁으로 다가오더니, 느닷없이 으르렁거리는 게 아닌가.

난 깜짝 놀라서 옆 잔디밭으로 점프했다. 맞짱 타이밍에 화들짝 놀라 도망친 것 같아서 쪽팔렸다. 주인 놈은 무슨 일이 벌어졌는지도 모르고 휴대폰을 보며 계속 걸어가고 있었다. 아놔, 저것들을 죽여 말어.

사람이 개를 사람처럼 대하면 개가 사람을 개처럼 대한다는데, 지가 사람인 줄 알고 나보고 산책할 때 목줄하고 다니라고 으르렁한 것 같아 더 기분이 나빴다.

그래, 안 물렸으니 오늘은 감사히 생각하고 봐주자. 대신 주인과 개를 잘 봐 놨다. 다시 마주치기만 해라. 그래도 난 다른 사람의 마음을 아프게 하지는 않겠다. 마음은 하나뿐이니. 대신, 우리 몸의 뼈는 206개나 되니 뼈를 아프게 해 주겠다. 하나의 마음과 205개의 뼈로 남은 인생을 살고 싶으면, 내 앞에서 다시 으르렁대라.

　　어릴 때 나중에 결혼하면 처갓집이 외국이면 좋겠다는 생각을 했다. 명절 때마다 외국에 가는 건 생각만 해도 멋지다. 기왕이면 선진국이 좋을 것 같았다. 허리춤에 여권 숨기고 다닐 필요도 없고 바가지요금 걱정도 안 해도 되니.

　　그런데 지금처럼 아파트 아래위층으로 사는 것도 참 좋네. 3층 처갓집 바로 위가 4층 우리 집이다. 아이들은 집에서 줄넘기나 말뚝박기를 해도 된다. 장인어른이 위에서 자꾸 쿵쿵대면 경찰에 신고를 하겠다고 아이들에게 겁을 주며 교육을 하시지만, 아이들은 외할아버지를 별로 무서워하지 않는다.

　　아이들에겐 처갓집도 집이나 마찬가지니, 이층집에 사는 것처럼 3층, 4층을 오가며 뛰어다니며 논다. 옷, 장난감, 책들도 아래위층에 골고루 비치되어 있다. 선물이 들어와도 반띵, 코스트코에서 박스로 장을 봐와도 반띵, 국을 끓여도 반띵, 밥이 없으면 흥부가 놀부 집에 가듯이 아래층에 내려가서 밥을 퍼온다. 인심이 후하셔서 놀부 부인처럼 밥주걱으로 뺨을 때리지도 않으신다.

요즘 와이프가 출근하고 나면, 장모님이 매일 쟁반에다 점심과 간식거리들을 들고 올라오신다. 여전히 입맛이 없는 사위를 위해 신중에 신중을 기하여 준비해 주시는 음식들이다. 그렇게 신경을 많이 써서 만들어 주시는 음식들인데 맛있게 먹지 못해서 죄송할 뿐이다.

　아래층에는 비장의 무기, 삼촌도 있다. 몸으로 놀아주지 못하는 아빠를 대신해서 삼촌이 기가 막히게 잘 놀아준다. 가끔 내려가 보면 지아는 삼촌 목 위에, 지우는 삼촌 등 뒤에 붙어 있다. 좀 살살 해라, 삼촌 허리 나간다. 이 정도면 처갓집이 외국이었으면 했던 꿈을 이룬 셈이다. 3층 처갓집이 나에겐 베벌리힐스니까.

지우가 생일을 맞은 친구에게 편지를 쓰고 있었다. 우리 딸, 정말 짧게 쓰는구나. 시크하다.

　　난 편지를 참 많이 보내는 아이였다. 서울에 살던 은진이 누나, 은영이 누나에게 매달 편지를 보냈다. 빨간 우체통에 편지를 살포시 넣는 기분도 좋았지만, 답장받는 기쁨과는 비교할 수가 없었다. 우편함에 각종 고지서가 아닌 수기로 쓴 편지가 보이면 현관에 옷, 가방, 준비물 등을 모조리 던져두고 방으로 뛰어들어가 편지부터 읽었다. 그때는 답장을 받기 위해 편지를 많이 썼던 것 같다.

　　대학 땐 친구들 군부대로 편지를 엄청나게 보냈다. 안부 따위는 묻지 않았고, 시시껄렁한 잡담들, 스포츠 이야기 등을 했다. 녀석들은 3번은 받아야 한 번 답장을 해 줬지만, 이땐 답장이 별로 재미가 없었다. 친구들은 정말 편지를 못 썼다. 유머도 없고 감동도 없고. 내가 쓴 편지를 보며 킥킥대는 것이 좋았다. 이때부터 글을 쓰는 즐거움을 조금씩 알아갔다.

초등학교 때 선생님들께도 편지를 썼다. 방학 숙제였지만 편지는 항상 진심으로 썼다. 지금 생각하니 선생님들은 50통의 편지에 일일이 답장을 써 주신 거였구나. 선생님들이야말로 답장 써 주기가 엄청난 방학 숙제였을 듯.

5학년 때 선생님의 답장은 지금도 기억이 난다. 남해 가서 실컷 놀아서 새까매져서 돌아왔더니 경비아저씨도 날 몰라봤다고 하자, 까매진 우리 창우 너무 보고 싶다는 내용이었다. 별 내용은 아니지만, 내가 5학년 때 선생님을 가장 좋아했기에 그 내용만 기억에 남는다. 항상 인상을 쓰고 계셨고, 감히 장난을 치기도 힘들만큼 무서웠고, 가발을 쓰셨고, 퇴임을 얼마 안 남겨 두고 계시던 6학년 때 남자 담임 선생님은 내 편지에 답장을 써 주셨을까.

이 글도 가족들에 대한 편지니, 난 커서도 편지를 계속 쓰는구나. 수신인들이 기뻐했으면.

 난 지금도 내 글을 좋아한다. 시시껄렁하게 올리는 SNS 짧은 글부터 브런치에 올리는 가볍고 긴 글까지. 세상 어떤 사람들의 글보다 내 글 읽는 것을 좋아한다. 나르시시스트 같긴 한데, 글에 한정해서만 그렇다. 나의 키, 목소리, 사투리, 운동능력, 외국어 습득능력 등 알고 보면 맘에 차지 않는 구석이 더 많다.

 그리고 내 글을 나만큼 좋아해 주는 사람이 한 명 더 있다. 그게 지영이라서 참 좋다. 우리 아이들도 조금 더 크면 느낌상 아빠 글을 좋아할 것 같다. 아빠의 감성과 유머코드에 길들여져 컸으니 코드가 맞지 않을까.

 우리 가족들에게 아빠는 이미 '무라까미 손루끼'다. 내 글을 가장 가까운 사람들이 좋아해 준다는 것이 내가 글을 계속 쓰는 이유다. SNS가 없는 세상에서도, 와이프와 아이들을 위해서 계속 쓸 것 같다.

 그렇게 만들어진 〈하와이 패밀리〉, 나의 첫 책. 불쌍하게도 출간하자마자 작가의 투병 생활로 아무런 활동도 하지 못했다.

이제 아프지 않기로…

그 흔한 북토크나 작가와의 만남 자리도 한 번 가지지 못했다. 내가 참 잘할 수 있는 영역인데. 이대로 사장시키기엔 책에도 미안하고 출판사에도 송구스럽다.

기력 좀 차리면, 사비로 〈하와이 패밀리〉 책에 몽블랑 볼펜 하나씩 꽂아서 주는 행사나 한번 해야겠다. 추첨을 통해 10명에게는 하와이안 에어라인 왕복 비행기표를, 1명에게는 하와이행 아시아나 비즈니스 왕복권을 쏴야겠다. 와이프가 안 된다면 할 수 없고.

바닥을 칠 때 건네는 농담

2007년, 결혼 후 첫 여름 휴가로 유럽에 갔다. 이탈리아의 한 길거리 카페에서 브런치로 파니니와 커피를 시켰다. 내가 커피 주문을 주저하는 것을 보고 눈치 빠른 지영이가 물었다.

"오빠 혹시 커피 종류 몰라?" 앗, 들켰다.

"응, 몰라. 난 커피를 설탕 한 스푼, 설탕 두 스푼, 설탕 세 스푼으로 구분해."

"오, 마이 갓."

지영이는 문화 충격을 받은 듯했다. 그때부터 지영이의 커피 강의가 시작되었다. 에스프레소, 아메리카노, 카페라떼, 카푸치노, 카페모카 등. 아, 그렇게 커피를 구분하는구나. 별거 아니네. 앞으로 남편이 어떤 커피를 마시는 사람이 되길 원하는지 물어보니, 카푸치노를 마시라고 했다. 그때부터 한동안 커피 좀 아는 유럽 유학생처럼 엣지 있게 카푸치노만 마셨다. 평강공주도 바보온달을 이렇게 키웠겠지. 성공한 남자 뒤에는 훌륭한 여자가 있고, 성공한 여자 뒤에는 훌륭한 여자 그 자신이 있다.

이제 아프지 않기로…

아픈 이후로 라면도 먹고 콜라도 마셨는데 커피는 아직 한 잔도 마시지 않았다. 4개월간 no coffee라. 커피는 그나마 몸에 안 좋아 보이는 것 중 끊기에 가장 만만한 녀석이었다.

술만큼은 아니지만 커피도 별로 좋아하지 않았다. 카푸치노를 마시고 다닐 때도 항상 반 이상 남겼다. 남기는 게 티 나는 투명 컵의 아이스 아메리카노 따위는 절대 시키지 않았다. 유일하게 커피 생각이 날 때는 가끔 당이 모자라서 바닐라라떼의 뜨겁고 달콤한 향이 필요할 때뿐이었다. 그 맛있는 바닐라라떼도 반 이상 남긴다.

이제 내 삶에서 커피는 더 멀어지겠지. 유럽에서 커피 강의 안 들었어도 될 뻔했네. 최근 와인 공부를 시작해서 재미를 붙이고 있었는데 알코올계도 강제 은퇴를 하게 되어버렸고. 이제 등심, 안심, 목살, 양지, 안창살, 차돌박이, 제비추리 등 고기 부위나 공부해야겠다.

바닥을 칠 때 건네는 농담

난 기계랑 친하지 않았다. 어릴 때 아버지께서 외국에서 온 도계가 달린 손목시계를 사다 주셨다. 도대체 시계에 온도계가 왜 필요한 걸까. 체온계면 몰라도. 어쨌든 이 방은 여름 저 방은 겨울이길 기대하며 온도를 재어 보다 차이가 없음을 깨닫고 금방 흥미를 잃었다. 그러다 몹쓸 생각이 떠올랐다. 전자레인지 안은 몇 도일까?

　시계를 넣고 전자레인지를 돌렸다. 정확히 3초 후 엄청난 폭발음과 함께 불꽃과 연기가 일어났다. 시계가 터져버린 것이다. 전자레인지도 내상을 입고 기계 타는 냄새 때문에 며칠 동안 사용하지 못했다. 그날 이후 난 기계를 궁금해하지 않았다.

　지금까지 친하게 지내는 기계는 Vending Machine 정도다. 기계와 친해야 할 때마다 "People do not follow Machine."이라고 몇 번 외쳤더니, 뭔가 인문학적 사람이 된 것 같아 기분도 좋아졌다.

　가장이 된 후론 어쩔 수 없이 고장 난 기계들을 고치기 시작했다. 기계라 해 봤자 대부분 장난감이었지만. 반 이상은 배

터리만 갈아주면 해결되는 것들이었다. 맥가이버의 후예 뽀로 로의 에디처럼 이것저것 다 능숙하게 고치지는 못했지만, 나도 꽤 쓸 만했다.

오늘은 아이들을 위해 AI 스피커를 고쳤다. 자꾸 연결이 안 되는 걸 몇 달간 방치하고 있었는데 지아가 다시 듣고 싶다고 했다. 내가 고쳤다기보단, 다시 앱을 깔고 로그인하고 AI 스피커 를 켰더니 그 녀석이 "어린이 여러분 안녕?" 하며 다시 인사를 하기 시작했다. 아이들은 환호성을 질렀다. 사실 내가 제일 큰 함성을 질렀다. 매일 아이들이 잠들기 전, 입에서 단내가 나도 록 옛날이야기를 해 줘야 했는데, 이제 비서와 좀 나눠서 하자. 그래도 기계가 아이들과의 침대맡 대화를 모두 빼앗아가게는 두지 않겠다.

컴퓨터가 비록 체스와 바둑에서 사람을 이기기 시작했지 만, 난 여전히 내 주종목 복싱으로 컴퓨터를 압도할 수 있다. 왼 손만 쓰겠다. 모니터에 왼손 잽을 가볍게 넣고 컴퓨터 본체에 왼손 바디 블로우 콤보로 넣으면 끝. 기계들아, 날 이기려 하지 마라. 우리 애들에게 이야기를 가장 맛깔나게 해 주는 챔피언 은 영원히 나니까.

이런 동화를 계속 읽어줘도 될까. 매일 아이들에게 동화책을 읽어주는데, 유명한 동화들 내용이 상당히 거슬린다. 신데렐라는 왕자님 한번 잘 만나서 팔자를 고친다. 인어공주는 책마다 결말이 다르지만 우리 집에 있는 책 속 인어공주는 한 번 본 왕자님을 만나기 위해 목숨까지 내놓더니 결국 성공하여 그 집에 시집간다.

백설공주와 잠자는 숲속의 공주는 자다가 왕자의 키스를 받고 깨어나서 곧바로 사랑에 빠져 결혼한다. 시집 잘 가는 것이 인생의 최종 목표라 결혼하면 이야기가 끝난다. 그들의 예쁜 외모가 열 일을 했다. 피오나 공주처럼 생겼더라면 구두 주인 찾아 나서고, 지나가다 키스하지 않았겠지.

그나마 스스로 노력한 사람은 평강공주 정도인데, 바보온달을 그렇게 훌륭하게 키워 놓았더니, 전투에 나가서 죽어버린다. 불쌍한 성냥팔이 소녀는 성냥 팔다가 얼어 죽는다. 헨젤과 그레텔 같은 동화는 필요 이상으로 너무 잔인하다. 주인공 남녀는 무조건 잘생기고 예쁘고, 악당들은 모조리 못생겼다. 거짓말하면 안 된다는 확실한 메시지를 재미있는 스토리로 풀어 준 피노키오 정도만 좋은 동화로 느껴졌다.

안데르센, 그림형제 같은 분들이 우리 애들 동심을 다 망쳐 놓고 있다. 아이들 책도 한번 물갈이하자. 앤서니 브라운, 로렌 차일드, 손창우 같은 작가들이 더 많은 책을 만들어 주길. 내 이름 살짝 넣어봤다. 내 글이니까. 그런데 신데렐라의 구두가 그렇게 발에 꼭 맞으면, 왜 벗겨진 걸까. 다시 신어도 몇 초 안 걸렸을 텐데. 아무리 생각해도 이건 신데렐라의 큰 그림이었을 듯. 우리 모두 원하는 바가 있으면, 큰 그림 그리며 삽시다.

　　입맛이 조금씩 살아나고 있다. 어젠 식당가에 들어갔는데, 나란히 붙어 있는 식당에서 파는 제육덮밥과 멸치국수가 다 먹고 싶었다. 잠시 고민을 하다가 현명한 생각이 떠올랐다. 뭘 고민하나, 둘 다 먹으면 되지 뭐. 와우, 천재다.

　　먼저 제육덮밥집에 들어가서 절반 정도를 먹고 일어섰다. 그리고 옆집으로 옮겨 잔치국수를 절반 먹었다. 점심을 혼밥으로 두 가게에서 한 그릇씩 먹는 사람이 전 세계에 몇이나 될까. 부자가 된 기분이었다.

　　오늘은 혼자 회전 초밥집에 들어갔다. 이런 차도남을 봤나. 가게의 겉모습과 간판은 화려했는데, 들어가 보니 허름했다. 가게의 수준은 손님을 보면 안다. 쭈욱 둘러봤더니 손님이 나뿐이었다. 지금 점심 피크타임인데.

　　일단 들어왔으니 먹자. 접시 2~3개를 먹어봤더니 안타까움이 몰려왔다. 장어 초밥이 맛없기 힘든데, 그 힘든 걸 해내셨다. 그때 내 수술 소식 이후 가장 슬픈 말을 들었다.

　　"저, 오늘 우리 가게 생일이에요."

헐, 어떡해야 하나. 전복 특선 30,000원짜리 하나 시킬까. 음식이 나왔을 때 급한 볼일이 생긴 척하며 나가버리면, 직원들 끼리 생일을 축하하며 맛있게 드시지 않을까.

마음은 전복 특선이었지만, 그냥 메밀 소바 하나만 더 시켰다. 올해 생일은 이 정도로만 축하해 드릴게요. 날짜 기억했다가 내년엔 거구 친구들 몽땅 다 데리고 올게요. 제발 그때까지 백종원 선생님 트레이닝 한번 받으시고 가게가 살아 있길.

온 가족이 날 둘러쌌다.

"와, 여기 머리 나기 시작했다."

이 한마디에 온 가족이 밥을 먹다 말고 내 뒤통수 앞에 옹기종기 모였다. 드디어 머리에 솜털들이 나기 시작한 것이다. 방사선 치료로 머리가 빠진 지 두 달 반 만이다.

"어 진짜네. 여기도 나기 시작했어."

우리 집 식탁은 오랜만에 활기로 가득 찼다. 지우는 머리가 다시 나는 의미를 아는지 기분 좋은 딸 미소를 짓고 있었고, 지아는 지금이 더 예쁘다고 머리가 안 났으면 좋겠다고 했다. 지아야, 아빠 수염은 천장에 닿을 때까지 기르라면서 일관성이 없잖아.

내 머리의 솜털들은 우리 집의 네잎클로버가 되었다. 동시에 여러 손이 내 머리를 쓰다듬었다. 자, 아들 낳고 싶은 분들, 건강해지고 싶은 분들, 모두 와서 다 만지세요. 머리카락으로 가족들에게 기쁨과 행복을 안겨준 것 같아 나도 좋구나.

고양이처럼 마이웨이로 살아봐도 재미있을 것 같다. 언제든 나무 위로도 올라갈 수 있고, 개울가로 점프해서 내려갈 수 있고. 심심하면 쥐 잡으러 뛰어다니고, 애정이 고프면 날 좋아할 것 같은 사람 앞에서 귀여운 표정을 짓고 있으면 온몸을 만져준다. 가래 끓는 소리로 갸르릉 몇 번만 해 주면 사람들은 또 자기 좋아한다며 착각하고 더 구석구석 만져준다.

온몸을 다 긁었다 싶으면, 불러도 돌아보지도 않고 홱 돌아서 가버린다. 지 볼 일은 다 봤다는 거지. 너의 털 위생 상태도 모르지만, 온몸 구석구석을 시원하게 긁어줬는데, 너도 날 좀 긁어주면 안 되겠니.

개는 이기적으로 굴면 주인한테 알아듣지도 못 하는 말로 혼나는데, 고양이는 처음부터 그런 애들인 걸 아니 그러려니 한다. 참 좋은 포지셔닝이다.

나도 고양이를 키운 적이 있다. 고양이의 이름이 '멍멍이'였다. 나도 못 먹는 맛살과 참치도 먹었다. 길거리 자유연애도 허락하여 웬 점박이의 아기까지 임신해왔다. 그래서 아기까지 더 잘 키워줄 수 있는 집으로 보내줬다. 좋은 주인이었다. 그걸 아는지 길고양이들은 날 보면 도망가지 않는다. 고양이들이 좋아하는 사람은 영혼이 맑은 사람일 것 같은 생각이 들어 괜히 뿌듯했다. 날 보면 다가와 줘서 고맙다.

길거리 산다고 아무거나 먹고 다니지 말아라. 현실은 힘들어도 낭만 고양이가 되어라. 몸에 좋고 맛도 좋은 브로콜리라도 좀 갖다줘야겠다.

이제 아프지 않기로…

　　뉴스 스포츠면 야구 기사에 롯데, LG의 내년 시즌에 대한 기대감을 담은 기사들이 슬슬 나오기 시작한다. 그래, 겨울이 왔구나. 스포츠 기자 중 훌륭한 분들도 몇몇 눈에 띄지만 대다수의 기사, 특히 겨울철 기사들은 안타까운 수준이다. 대학생 인턴 기자단부터 빡세게 좀 훈련시키자. 조만간 잠실야구장 지하철 타고 가는 길, 각 구단 감독들이 좋아하는 걸그룹 특집 기사도 나올 태세다. 젊은 친구들은 그런 기사를 쓰면서도 회사에선 늙은 기자 선배들을 은근 무시하겠지. 그분들 모두 존경받아 마땅한 분들이다. 구글 없이 기사를 쓰셨던 분들이야. 깍듯이 선배 예우하길.

　　시즌 끝난 겨울에 쓸 기사는 없고 뭐라도 써야 하니 막 쓰는 거겠지. 이해한다. 그래도 본인이 쓴 기사 링크를 본인 SNS에는 자랑스럽게 올릴 수 있을 글을 쓰자. 특히 은퇴했다고 아무나 막 레전드라는 호칭 좀 쓰지 말고. 그러면 나도 한국의 버핏, 투자업계 레전드다. 올겨울에 가장 기사가 많이 나온 팀이 아니라, 가장 땀을 많이 흘린 팀이 내년에 우승하길.

추어탕집에 갔다. 평소 추어탕을 그렇게 즐기진 않지만, 이모부의 암 투병 때 매일 추어탕을 해 주셨다는 이모의 추천으로 지영이와 한번씩 갔던 집이다. 그때와 다른 것은 두 가지였다. 입맛이 조금 살아났다는 것과 이번엔 용감하게 혼자 갔다는 것이다. 차도남이 진화하고 있다.

그 집은 나름 남양주 맛집으로 유명해서 점심시간에 갔더니 사람이 바글바글했다.

"몇 분이 오셨어요?"

"저 혼자요."

아주머니의 표정이 좋지 않았다. 물과 밑반찬을 갖다주시는 손길도 어딘가 퉁명스러웠다. 피크타임에 4인용 테이블에 한 명 앉아서 먹으면 얼마나 꼴 보기 싫겠나. 그래서 더 큰 소리로 주문을 했다.

"여기 추어탕 하나 주시구요, 추어탕 2개, 추어튀김 1개, 추어만두 1개 포장해 주세요."

나, 이런 사람입니다. 아주머니의 얼굴이 그제야 밝아지셨다. 대충 닦은 테이블도 다시 오셔서 싹싹 닦아주셨다. 비로소 난 4인용 테이블에 당당히 앉아 있을 수 있는 1인이 되었다.

추어탕 한 그릇을 처음으로 비웠다. 시래기 속에 숨어 있던 청양고추 몇 개로 입안은 얼얼했지만, 내가 이렇게 바닥까지 먹다니. 또 어떤 음식을 접수해 볼까.

〈문 앞의 야만인들〉이란 책이 있다. 외설처럼 보이는 제목이지만 영어 제목은 'barbarians at the gate'로 격조가 있어 보인다. VC, PE 업계분들 중 책꽂이에 이 책이 없는 분도 없고, 끝까지 읽었다는 분도 없다는 전설의 책. 무려 900페이지가 넘는다. 삽화나 여백도 거의 없이 글자로만 빽빽하고, 등장인물도 워낙 많아서 정말 진도가 안 나가는 책이다. 무엇보다 어린 시절 동아전과, 표준전과만큼 두껍고 벽돌처럼 무거워, 소파에서건 침대에서건 읽는 자세가 정말 안 나오는 책이었다.

그런 책을 숨도 쉬지 않고 다 읽었다. 그만큼 재미있었다는 말은 아니고, 시간도 많은데 '이 책을 다 읽었다'는 타이틀이 가지고 싶었다. 이 책을 다 읽은 날은 웬만한 사람들의 하루보단 훨씬 의미가 있을 것 같았다.

현재 화폐가치로 따졌을 때 70~80조 정도 될 것 같은 세계적인 식품 담배업체 RJR 네비스코라는 회사를 KKR이란 회사가 1987년에 LBO(Leveraged Buyout, 차입매수)에 성공하면서 사모펀드계의 제왕으로 등극한 스토리다.

투자업계 9년 차로서 내가 이 업계에서 어떤 경쟁력을 가졌었는지는 모르겠지만, 많은 분이 계속해서 안부를 물어주는 것이 참 고맙다. 난 이분들에게 법인카드 한도가 없어도 문득 연락해서 보고 싶은 사람, 한 번씩 정박하고 싶은 부두 같은 존재가 되고 싶다.

이 업계의 모든 사람이 만들고 있는 딜 하나하나는 900페이지짜리 KKR 네비스코 딜에 못지않은 예술 작품들이다. 업계 선후배 모두의 건승을 바란다. 비록 하우스는 달라도 서로를 응원하고, 서로의 성공에 하이파이브 나눌 수 있는 훈훈함이 넘쳐나는 업계가 되길 응원한다. 상대 얼굴에 하이파이브하는 것 말고.

중요한 것은, 난 오늘부로 이 책을 다 읽은 사람이 되었다. 이 책을 계기로 앞으로 어떤 책들도 다 읽을 수 있을 것 같다. 칼 세이건의 〈코스모스〉나 다이아몬드 교수님의 〈총, 균, 쇠〉, 심지어 가독성 나쁘기도 유명한 〈성경〉 통독도 성공할 수 있을 것 같다. 숙제 같은 책을 끝냈더니 나름 기분 죽인다. 네비스코의 대표 브랜드인 오레오 쿠키로 이 순간을 자축하고 싶다.

병원에 가기 위해 택시를 탔을 때였다.

"신촌 세브란스 가 주세요."

기사님은 백미러로 나를 힐끔힐끔 보시더니 한마디 하셨다.

"학생, 세브란스 다니나 봐요."

와우, 단어 하나가 머릿속을 맴돌았다. "학생… 학생… 학생…." 이럴 땐 굳이 시정하려 들지 않는다. 그냥 씨익 웃어드렸다. 그리고 내릴 때 2,000원 추가해서 계산해 달라고 말씀드렸다. 학생 이제 내릴게요. 행복하세요.

평일 낮에 산책을 하면, 할아버지를 제외하면 남자가 거의 보이지 않는다. 그런데 최근에 산책로에 부쩍 남자가 늘었다. 미세먼지가 오래간만에 없던 날, 마스크를 벗은 사람들을 보니 정체를 알 것 같다. 얼마 전 수능을 끝낸 학생들이구나. 산책도 하고, 참 건강한 아이들이네. 누군가는 나도 고3으로 봐주겠지? 한 명쯤은? 학생으로 한 번 불리고 자신감 급상승했다. 미세먼지가 없어 산책이 참 기분 좋던 날이 지나간다.

이제 아프지 않기로…

Marriage is a workshop. 결혼은 워크숍이다. 이제 우리 집은 좀 다르게 적용해야 할 것 같다. 와이프는 회사에서 열심히 Works하고, 난 집에서 Shops하고. 내가 아직은 책만 사고 있지만, 여기서 끝낼 거라 생각하지 말길. 쇼핑도 원심력이 작용한다는데, 나 쇼핑 포텐 터지면 매일 택배가 집으로 오게 할 수도 있다.

몇 개월째 회사에 안 나가고 있다. 주치의 선생님께서 술과 과로가 가장 나쁘다고 하셨다. 나뿐만 아니라 모든 사람에게 적용되겠지. 그래서 앞으로의 계획도 당분간은 세울 생각이 없다. 몸부터 회복해야지.

푹 자고, 잘 먹고, 아이들 등하교 시키고, 산책하며 사지가 움직이는 걸 확인하고, 아이들과 놀아주는 것만 해도 하루가 금방 지나간다. 일을 안 하며 사는 것도 나름 재미있다. 심심하면 Shops도 하고, 영화도 보고, 책도 읽고. 그래도 확실한 건, 일 없이 노는 것보단 할 일이 토할 것처럼 많은데 일을 째고 놀던 것이 훨씬 재미있었다.

자, 다시 워크숍으로 돌아오자. 오늘은 블랙 프라이데이 첫 날이니까. 미국 쇼핑몰들, 어디부터 털어 볼까.

이제 아프지 않기로…

평화로운 토요일 새벽. 토요일 오전 7시면 온 세상의 95%가 잠들어 있을 새벽인데, 눈을 떴을 때 커튼들이 들썩이며 날 깨우는 것 같았다. 설마~ 하면서 커튼을 힘차게 열어젖혔는데, 와우~ 함박눈이 내리고 있었다. 첫눈이다. 토요일엔 늦잠 자라고 아이들을 깨우지 않지만, 난 아이들 방으로 전력 질주해서 호들갑을 떨며 흔들어 깨웠다.

"애들아, 애들아, 일어나 봐. 아빠가 보여줄 게 있어."

"아빠, 책 사 왔어?"

지아가 눈을 비비며 책을 찾았다. 책은 어제 두 권 사 줬잖아. 아마 책보다 더 좋을걸? 그리고 짜잔~ 커튼을 열었다. 며칠 전까지 단풍으로 빨갛던 온 세상이 하얗게 변해 있었다. 역시 애들은 "우와~ 우와~."를 연발했다. 아직 잠이 덜 깨서 반응이 생각보단 약했지만, 토요일 아침 7시에 저 이상의 감탄사는 욕심이지. 남양주 우리 집은 눈 오는 장면이 정말 예쁘게 잡힌다. 이 풍경만 1시간 반 찍고 영화관에 걸어도 관객 수 3백만에 평점 7점은 나올 것 같다.

난 어릴 때 눈을 유난히 좋아하던 아이였다. 눈 구경을 하기 힘든 부산에서 중고등학교 시절 창문 밖에서 눈이 내리는 걸 발견하면, 난 아무 말 없이 운동장으로 뛰어나갔다. 날씨가 맑으면 저 멀리 대마도까지 보일 만큼 가시거리가 탁 트인 우리 학교에서 보는 눈 내리는 풍경은 유난히 예뻤다.

선생님이 "야, 너 어디가?"를 외치셨지만, 이미 반 친구들이 뒤따라 나오고 있었고 선생님도 더 이상 사태해결보단 창문 밖의 눈을 지그시 바라보셨다.

사람마다 태어난 이유가 있을 것이다. 그 이유가 가족들 얼굴도 제대로 못 보고 일만 하기 위함이거나, 타인의 칭찬과 인정을 받기 위함이라면 너무 슬프지 않겠는가. 내가 태어난 이유 중 작은 하나는 일 년에 한 번 첫눈을 보기 위함일 것 같다. 수술을 받고 방사선 치료를 받을 때만 해도 역대급 폭염이었는데, 아무리 힘든 시간을 보내도 시간은 흐르고 첫눈은 어김없이 찾아왔다.

이제 아프지 않기로…

새벽에 창문 밖을 봤더니 눈앞의 산이 보이지 않았다. 아, 캄캄한 밤이구나. 이 어둠 속에서는 부엉이라도 산을 찾기 쉽지 않지. 그런데 옆 단지 아파트도 잘 보이지 않았다. 공기청정기를 틀었다. 잠시 윙윙거리며 공기질을 파악하더니 제시한 숫자가 미세먼지 999, 초미세먼지 350이었다. 에이, 이 녀석아. 잘 자고 있는 새벽에 깨워서 일 시킨 건 미안한데, 그래도 이렇게 성의 없는 숫자를 던지면 안 되지. 미세먼지가 999면 사람 죽어.

서둘러 애들 방에 갔더니 다행히 공기청정기를 취침 모드로 틀어 놓고 있었다. 지난번에 공기청정기를 무리해서 두 대 샀던 것이 얼마나 감사한지.

999가 미안하면 빨리 50~100 사이에서 제자리를 찾길 바랐는데, 한참 있더니 바뀐 숫자가 겨우 998. 그리고 997, 996, 995. 에이, 그 숫자면 사람 죽는다니까.

우리 집 실내는 기계 두 대가 주간 52시간 근무시간도 가볍게 넘기며 열심히 일하고 있는데, 바깥 공기는 정말 심각하다. 하루 두 번 산책을 주업으로 삼고 있는 내게 치명적이다. 마스크를 하고 산책을 해도 가래가 생기고 눈이 따가웠다. 공기의 침투를 허용치 않는 수경을 끼고, 미역으로 마스크를 만들어서 쓰고 나가야 하나.

이럴 땐 항상 궁금하다. 이런 미세먼지 속에서도 마스크 끼고 운동을 하는 게 나은지, 아니면 운동하러 나가지 않는 게 나은지. 슈바이처 선생님이 나오셔서 그 답을 알려주셨으면 좋겠다.

산책이 갈수록 즐거워진다. 지금껏 내 삶에서 산책과 달리기는 없었다. 운동 중 제일 싫어하는 것이 달리기였다. 복싱 시합을 앞두고서야 억지로 좀 뛰었다. 그것도 하기 싫어 남들 반 정도만 뛰다 들어왔다. 사람들은 왜 뛰어다닐까, 풀리지 않는 궁금증이었다.

아픈 이후로 어쩔 수 없이 걷기를 시작했다. 내가 할 수 있는 것이 걷기뿐이었다. 지영이가 만 보를 걸으라며 앱도 깔아 놨다. 어허, 이 사람아. 내가 지금 만 보를 어떻게 걸어.

한 달 전, 처음 시작할 땐 2천 보도 힘들었다. 조금 컨디션이 좋은 날 100m를 야심 차게 뛰어 봤는데, 그다음 날까지 누워 있어야 했다. 운동이 아닌 재활이 필요한 몸인데 욕심을 냈다. 스텝 바이 스텝, 그렇게 한 달이 지났다. 내 몸이 나에게 하루 500보씩의 성장을 허락하기 시작했고, 며칠 전부터 하루 만 보를 걷고 있다. 8km 정도 되는 거리. 그중 700~800m는 뛴다. 집 근처 왕숙천 산책길이 나의 성장을 지켜봤다.

산책은 참 좋구나. 자기 전 명상은 잘 안 되지만, 산책 중엔 머리가 텅 비워진다. 정말 쓸데없이 계속 돌아가고 있는 머리가 잠시 쉰다는 느낌, 특히 나에게 참 필요한 시간이다.

혼자 뿌듯해하고 있는데 하정우의 인터뷰 기사를 봤다. 매일 하루에 3만 보를 걷는다고. 하정우 나이를 찾아봤다. 나보다 2살 어리네. 그래도 형이라 불러야겠다. 싸움 잘하는 효도르도 나랑 동갑이지만 형이라 부르는데, 3만 보 걸으면 형이지.

지영이도 우리 동네 산책로를 참 좋아한다. 나랑 둘이 걸으며 이런 대화를 나눴다.

지영 : 이 동네로 이사 오길 정말 잘한 것 같아. 산책로가 너무 좋아. 뉴욕 같아.

나 : 뉴욕에 가봤니?

지영 : 아니.


한 번도 뉴욕에 가보지 않은 사람조차 뉴욕을 느낄 수 있는 곳, 남양주 왕숙천으로 오세요. 산책과 달리기, 이제 평생 함께하자. 3만 보 걷고, 만 보 뛰어서 하정우가 다시 동생이 될 때까지.

SNS는 벌써 크리스마스다. 예상보다 빨랐던 첫눈의 영향인 것 같다. 벌써 트리를 만들고, 선물을 준비하는 내용으로 풍성하다. 우리 집도 트리를 만들까 해서 찾아보니, 이 가격으로 사서 꾸며 놓으면 일 년 내내 장식해 놓아야 할 것 같아서 그만뒀다. 트리 예쁜 곳에 놀러 가지 뭐.

지우에겐 벌써 산타 커밍아웃을 했다. 유럽에서 자란 지영이가 미국 회사에서 만든 지금의 산타클로스 이미지와 스토리를 별로 좋아하지 않다 보니, 겨울도 아닌 여름에 아무런 감흥 없이 사실을 말해 줘버렸다. 난 좀 더 끌고 가고 싶었는데. 매사에 호들갑을 떨지 않는 지우는 "그래?" 정도의 심심한 반응으로 쿨하게 받아들였다.

산타 할아버지께서 시대 흐름에 맞춰 SNS를 보면서 어떤 선물을 줄지 고민하고 있다면, 아마 올해에는 국어사전을 온 세상에 뿌리실 듯하다. 우리가 주시경 선생님도 아니고 국어를 틀릴 순 있는데, 너무 심하게는 틀리지 맙시다.

한 달 후엔 머리 솜털들이 더 많이 자랐겠지. 그땐 모자 없이 세상에 나가고 싶다. 메리 크리스마스니까.

이제 아프지 않기로…

## 11월의 마무리는 다시 편지로.

사랑하는 지영아,

고맙다. 〈바닥을 칠 때 건네는 농담〉 이 책은 너에 대한
내 조그만 보답이야. 하루하루가 최고의 날이 될 순 없지만,
우리가 함께라면 일상 속에서 소소한 즐거움을 발견하며 살
수 있을 거야. 우리 더 행복하자. 일상이 너무 즐거워 행복한
것이 아니라, 힘들고 아파도 행복할 수 있음에 행복하자. 서
로 바뀌길 바라는 부분은 기꺼이 바꾸고, 바뀌지 않길 바라
는 점들은 영원히 변치 말고 살자.

지우, 지아! 우리 아이들아,

너희의 선한 미소는 세상 무엇보다 예쁘단다. 그 미소로
세상을 조금 더 따뜻한 곳으로 변화시켜라. 세상이 너희의
미소를 변화시키려 하면, 그때마다 아빠가 등장해서 물리쳐
줄게.

응원해 주신 모든 분께,

몇 개월간 아무에게도 연락을 못 드렸지만, 여전히 내 삶 근처에 머물며 응원하고 기도해 주시는 모든 분께 진심으로 감사합니다.

이제 아프지 않기로…

2018.12.31 　그리고 또 한 달, 12월의 편지

　　2018년 마지막 날. 퇴원 후 5개월이 흘렀다. 8월부터 10월까지 3개월은 내가 엄살이 너무 심한 게 아닌가 싶을 정도로 아팠다. 면역력이 떨어진 틈을 타서, 살면서 가질 수 있는 모든 종류의 질병이 내 안에 들어왔다. 신음소리는 듣기 싫었고, 근육이 모두 사라진 몸뚱아리는 나의 모든 운동스러운 움직임을 철저히 응징했다. 그저 침대에 누워 있는 것만을 허락했다.

　　도대체 이 바닥이 언제 끝날지 좌절하던 내 몸은 12월에 들어서면서부터 갑자기 좋아지기 시작했다. 서서히 회복되는 것이 아니라 계단식으로 회복되는 듯했다. 한 달 전과 비교하더라도 확실히 한 계단 올라선 기분이다.

　　그때부터 산책을 조금 더 열심히 하기 시작했고, 2천 보로 시작해서 하루 50보, 100보씩 늘려나가는 것이 나의 유일한 재미이자 희망이었다. 입맛도 완전히 돌아오진 않았지만 그래도 개코가 흡수하는 냄새들로 구역질이 나는 시기는 지난 것 같다. 불면증도 완전하진 않지만 이 정도면 사라진 것 같다.

　　그리고 12월 말에 접어들어 또 한 계단 올라섰다. 나는 정

상인의 상징, 만 보를 걷기 시작했다. 심지어 일부 구간은 뛰어도 더 이상 몸이 드러눕지 않았다.

그리고 오늘, 2018년 마지막 날. 내가 예상했던 12월 31일의 내 모습보다 더 좋은 몸과 마음으로 자리에 앉아 있다. 여기까지 잘 왔다. 눈물이 핑 도는 걸 보니 눈물샘은 방사선에 말라버리지 않았다. 우리 가족들의 기도 덕분에 여기까지 잘 왔다. 고마운 사람들이 참 많다. 특히 날 아들처럼 돌봐주신 장모님께 가장 감사한다. 기분 좋은 꿈을 꾸고 깨어난 기분, 이렇게 나의 2018년은 안녕.

이제 아프지 않기로…

2019년
1~7월

# 세상 속으로

(이제 아픈 이야기 없음)

영화 300편

2017~2018년, 영화 300편 보기 프로젝트. 12월 31일 마지막 날, 300번째 영화를 보면서 결국은 성공했다. 이게 뭐라고 결국 해냈단 말인가. 칭찬받을 일인지는 모르겠지만, 어쨌든 터무니없다고 생각했던 목표를 이루고 나니, 나라도 스스로를 칭찬하지 않으면 누가 해 주겠는가. 잘했다. 멋지다. 300편, REALLY? 해냈구나. 자랑스럽다. 목표하면 이뤄집니다. 목표가 있는 분들, 와서 제 몸 한번 만지고 금일봉 놓고 가세요. 다 이뤄집니다.

출퇴근시간, 점심시간은 거의 영화와 함께했던 2017년에 200편을 봤고, 2018년 상반기에 80여 편, 그리고 아픈 이후 20여 편을 채웠다. 영화평은 임시로 좀 써 두긴 했는데, 제대로 한번 정리하고 싶다. 짤막짤막한 영화 100편 리뷰 글은 가끔 보이는데, 제법 손을 많이 탄 영화 300편 리뷰 글은 구글 창업자 래리 페이지가 검색해도 찾기 힘들 희귀템이었다. 보고 난 직후의 감정과 몇 달이 흐른 후의 느낌이 완전 다른 영화들도 제법 있어서 평점과 리뷰를 다시 써 보려 한다. 하지만 300편 정리는 시간을 많이 요하는 노가다 작업이라 계속 미루고 있다. 계속 숙제로 안고 가는 거지 뭐. 언젠간 정리하리라.

바닥을 칠 때 건네는 농담

드라마 '스카이 캐슬' 열풍이 전국을 뒤흔들었다. 물론 우리 집도 예외는 아니었다. 대안학교 학부모로서 저건 남의 집 이야기라며 TV와 비슷한 과정을 겪고 있는 집들에 비해선 좀 더 편한 마음으로 볼 수 있었지만, 세상이 많이 바뀐 것은 간접 체험할 수 있었다. '우리 땐 말이야~'로 시작하는 생각들이 스멀스멀 올라오는 것을 보니 나도 꼰대 나이가 되긴 했나 보다.

말이 나온 김에 '우리 때'로 돌아가 보자. 내가 초등학교 5학년 때니, 아시안게임과 올림픽 사이에서 한 템포 쉬어가던 1987년의 일이다. 등수가 나오지 않아서 정확히 위치를 알 수는 없었으나, 이즈음부터 시험을 치면 나보다 점수가 낮은 아이들이 더 많아지기 시작했다. 그렇다고 내가 피라미드 꼭대기의 성적은 절대 아니었다. 주변에 특별히 좋은 중학교도 존재하지 않았고, 오직 뺑뺑이 추첨만이 나의 다음 학교를 정해 주던 시기라 성적이 좋았어도 큰 메리트가 없던 시절이었다.

2학기 중간고사를 치던 날이었다. 키가 작아서 앞에서 두 번째 자리에 앉아 있던 난 열심히 날리는 분필 가루를 호흡을 통해 내 폐에 담갔다가 깨끗이 정화해 내뱉는 역할을 맡고 있었다. 쉬는 시간엔 키 큰 아이들에게 교실 뒤편을 양보한 채, 교실 앞쪽 일대를 지배했다. 그 날도 키 작은 아이 중 가장 컸던 내가 중심에 서서 열심히 놀고 있었다. 그러다 삐걱거리는 교탁 위에서 웬 종이 뭉치를 발견했다. 시험감독을 하셨던 선생님이 놓고 가신 모양이었다. 5학년이면 호기심과 장난기가 하늘을 찌를 때라, 그 종이 뭉텅이를 살펴본 후 한 장을 꺼냈다. 글자들이 빼곡히 적혀 있었다. 글자들 앞에는 번호가 붙어 있었고, 그 밑에는 보기가 1, 2, 3, 4번까지 적혀 있었다.

헉! 그것은 다음 시간에 시험을 칠 체육 시험지였다.

난 시험지란 것을 깨닫기 전에 이미 세 문제 정도를 본 상태였다. 나이가 나이다 보니, 참 창의적으로 나쁜 짓들도 많이 했지만, 시험지를 미리 보는 일은 해서는 안 될 짓이란 것 정도는 알고 있었다. 페어플레이가 생명인 엘리트 체육인의 자식으로서 공정한 경쟁에 대한 중요성은 누구보다 많이 들어왔다. 그래서 시험지를 다시 넣고 시험지 뭉텅이를 교탁 밑으로 잽싸게 치웠다. 내가 본 것이 다행이었다.

물론 세 문제는 봤지만, 난 이미 답을 알고 있었다. 내가 예

체능 과목에는 원래 강했다. 스포츠서울로 한글과 독해력을 키운 사람이기에 체육은 틀리는 것이 더 힘든 과목이었다. 게다가 난이도가 평이한 1, 2, 3번 문제였고, '배구 경기는 몇 명이서 하냐?' 수준의 문제들이었다. 틀릴 수가 없다.

그런데, 잠시 후 선생님께서 헐레벌떡 교실로 뛰어 들어오셨다. 얼굴이 벌게져서 여기 있던 시험지들 어디 갔냐고 큰소리로 물으셨다. 내가 손을 들고 교탁 밑에 넣어뒀다고 했다. 그러자 선생님이 날 쳐다보시더니 문제를 봤냐고 물으셨다. 그래서 "네."라고 말씀드렸다. 본 건 본 거니까. 5학년의 머리에서 나올 수 있는 다른 표현이라 봤자 "세 문제만 봤어요." "원래 알던 문제예요." 정도뿐이라, 애드리브로 머리 굴리지 않고 짤막하게 "네."라고만 대답했다.

선생님은 긴 한숨을 내쉬더니 날 앞으로 나오라고 하셨다. 목소리가 심상치 않으셨다.


쫘악~!


찰진 귀싸대기가 날아왔다. 맞을 걸 예상했다면 고개를 살짝 돌리는 페이크를 통해 충격을 완화시켰겠지만, 난 선생님이 날리신 체중 실린 손바닥 공격 에너지를 1도 흘려버리지 않고 고스란히 온몸으로 흡수했다. 근데 당시에 귀싸대기는 아주 흔한 체벌이었다. 나 역시 자주 맞던 터라, 이번 케이스가 특별히 더 억울하다든지 분하진 않았다. 오히려 세 대쯤 안 맞고 한 대만 맞고 끝내서 살짝 기분이 좋기까지 했다. 그래서 자리로 돌아오면서 친구들에게 슬쩍 미소도 보였던 것 같다.

1987년 부산에 있는 조그만 학교에서 벌어진 시험지 유출 사고에는 앞마당에서 총을 쏘는 사람도, 뛰어내린 사람도, 부모들끼리의 육탄전도, 경찰에 억울하게 잡혀 간 사람도 없었고, 그저 귀싸대기 한 대로 상황이 종료되었다. 당시엔 내가 맞을 짓을 했다고 생각했는데, 지금 다시 떠올려보니 선생님이 본인의 실수가 무안해서 날 때리신 거네. 내가 억울하게 누명을 쓴 Would You 역할을 한 거였군.

경쟁자가 아닌 친구들과 학교를 즐겁게 다니며, 단지 귀싸대기만 흔했던 그 시절의 손카이 캐슬,

그립다.

사회로 나가기 위한 워밍업을 조금씩 하고 있다. 사람들에게 안부도 전하고, 곧 보자는 말빚도 여기저기 지고 있다. 건강과 체력도 중요하지만, 용기와 정신적 트라우마 극복이 필요한 시기에 접어들었다.

앞으로 내 앞에 어떤 스토리가 펼쳐지건, 내가 어디서 어떤 일을 하게 되건, 그건 내가 잘나서, 열심히 살아와서, 충분히 자격이 되어서라고 절대 생각하지 않는다. 나의 능력으로 할 수 있는 것은 없다. 모든 생각의 중심이 내가 되는 순간, 난 다시 바닥에 떨어져도 할 말이 없다.

모두 그분이 하신 일이다. 그리고 가족들과 주위 분들의 기도와 응원 덕분이다. 그래서 작년의 아픔도, 쉬고 있는 지금도, 그리고 앞으로 내 앞에 펼쳐질 일들도, 난 모든 것에 감사하고 또 감사한다.

　난 금수저인가 흙수저인가, 아님 수저 밑에 깔리는 냅킨인가. 난 머리끝에서 발끝까지, 심지어 말투에서도 럭셔리함이 묻어 나오지만, 사실 부자로 살아본 적은 없다. 한때 부자였거나, 시작은 미약했지만 지금 어느 정도 부자가 된 것도 아니고, 시종일관 부자가 아니었다. 그렇다고 우리 집이 가난한 것은 분명 아니었지만, 확실히 평균 이상의 부자였던 적은 없다. 누가 봐도 부잣집 외동아들 귀티를 폴폴 풍기는 내가 부자가 아니었다니.

　울 아버지, 어머니는 돈에 큰 욕심이 없으셨다. 게다가 운도 지지리도 없었다. 인생에 한 번쯤은 얻어걸려서라도 월급 이외의 돈을 벌 기회가 있는데, 우리 가족에겐 예외였다. 부산에 주변 아파트값이 몇 배가 오를 때 우리 집은 20년째 같은 값을 유지하고 있다. 미친 일관성이다. 재물복이 항상 우리 주위를 맴돌았지만, 그때마다 우리를 약 올리며 스쳐 지나가 다른 사람들에게 안겼다.

커서도 마찬가지다. 삼성전자 - 외국계 기업 - Venture Capital - 사모펀드로 이어지는 커리어 내내 월급은 남들 받는 만큼은 벌었지만, 내 통장 잔고는 언제나 초등학생 세뱃돈 통장 수준이었다. 일생에 딱 한 번 월급 이상을 꿈꿨다가, 잔인한 세상으로부터 귀싸대기를 맞으며 매몰찬 교훈을 얻기도 했다. 내 삶은 불로소득이나 플러스알파가 끼어들 수 없도록 타이트하게 설계되어 있다는 것을 한순간 망각했었다.

현재 자본시장의 끝판왕인 사모펀드 업계에서 수년째 일하면서도, 소위 말하는 대박의 기회들은 항상 날 아슬아슬하게 비껴갔다. 하지만 난 단 한 번도 아쉬워하지 않았다. 이번 생에 플러스알파는 없다고 생각하며 사는 인생이니. 주변에 성공 신화를 써 내려가는 업계 선후배들을 볼 때 시샘보다는 진심 어린 박수가 나왔다. 한 명 한 명 부자가 되었다는 소식을 들으면 그냥 나도 좋았다.

이는 부모님의 영향이다. 살면서 단 한 번도 부모님이 돈에 아쉬워하시는 모습을 본 적이 없다. 그분들은 돈 많은 사람들을 부러워하지도 않으셨고, 돈 많은 사람들 앞에서 기죽지도 않으셨다. 사람의 멋과 매력은 돈에서 나오지 않는다는 것을 한평생 몸소 가르쳐주셨다. 그 결과 아버지는 여전히 내겐 세상에서 가장 힘이 세고 멋진 분이고, 어머니는 그분이 천사가 안 되셨으면 과연 누가 될 수 있을까 싶을 정도로 모든 사람이 좋아하던 천사 같은 분으로 기억한다.

세상 속으로

그래서 "더! 더!"를 외치는 세상은 왠지 불편하다. 잔고는 초등학생이지만, 사랑하는 아내, 귀여운 두 딸, 다시 찾은 건강, 날 위해 기도해 준 사람들, 마지막으로 내 마음속 영웅 부모님까지 있는 나. 무엇이 더 필요하리오. 이런 넉넉한 레거시를 물려받은 나, 냅킨들도 포근하게 안아줄 수 있는 진정한 금수저가 아니겠는가. 부모님, 감사합니다.

기독 대안학교 두레학교 12학년 졸업식을 다녀왔다. 4학년과 마이너스 2학년 자녀를 둔 내가 12학년 졸업식에 왜 갔냐고? 일반 학교에선 어색할 광경이지만, 우리에겐 당연하다. 두레학교의 행사이니까. 두레학교 학부모들은 학교 일이라면 모두가 자발적으로 참여한다. 김밥이나 어묵 국물을 주지도 않는데 가는 건 자발적인 것이 맞다. 어떤 자리건 큰 감동과 은혜가 있으니까.

엄마들만 북적북적한 것도 아니다. 아빠들도 제법 많이 참석한다. 아빠들의 무관심이 미덕인 우리나라 교육 현실에서 순수 아빠들 참여율로만 보면 전국 탑을 찍지 않을까. 우리 집만 해도 오늘 와이프는 야근으로 참석하지 못했고, 나 혼자 가려다 4학년 지우도 데리고 갔다. 12학년 언니, 오빠들의 졸업식 느낌을 전해 주고 싶었다. 내심 내가 바라는 장면은 감동한 지우가 내 품에 안겨 눈물을 훌쩍이는 것인데 내 바람일 뿐이다. 우리 딸, 조선시대 왕 중 하나의 이름을 붙이라면 '철종' 정도가 어울릴 만큼 절대 눈물을 흘리지 않는다.

제6회 두레학교 졸업식. 올해는 19명의 아이들이 졸업을 했다. 이 아이들이 1학년에 입학했을 때 두레학교는 아직 교실이 준비되지 않아 컨테이너 박스 두 개에서 수업을 했다고 한다. 대학 리포트를 원고지에 적어 내던 시절 이야기 같지만, 불과 10여 년 전의 컨테이너 교실 이야기는 두레학교의 전설로 내려오고 있다.

그 아이들이 12년의 과정을 모두 마치고 졸업을 했다. 우리도 대안학교를 보내고 있다는 이유만으로 용감하다는 말을 많이 듣는데, 컨테이너로의 등교를 허락한 당시 부모님들, 그리고 좋은 공교육 선생님 자리 모두 마다하고 기꺼이 컨테이너 수업을 택하셨던 두레학교 선생님들은 정말 차원이 다른 용기와 믿음을 가졌던 분들이다. 리스펙트합니다.


졸업식에서 확실히 느꼈다. 두레학교를 제대로 이해하기 위해서는 입학설명회가 아니라 12학년 졸업식에 와보셔야 한다. 이곳에서 12년을 보낸 아이들의 얼굴에는 각자의 몽타주에 가장 어울리는 미소가 환하게 걸려 있다. 절대로 인위적으로 낼 수 있는 김치~ 치즈~ 스마일이 아니었다.

그리고 마이크 앞에 선 아이들, 말은 또 어찌나 잘하는지. 메시지도 훌륭하고 여유와 유머가 넘쳐흘렀다. 두레학교가 한 학년에 20~25명 학생이 12년을 함께 보내는 학교다 보니, 사회성에 대한 질문을 가장 많이 받는데, 이들을 보면 그런 생각이

싹 사라진다. 사회성은 단순히 알고 지내는 사람 수가 아니라 주변 사람들로부터의 관심과 믿음, 그리고 사랑에서 길러진다는 것을 이 친구들을 보면 확신하게 된다. 졸업생 모두, 빛을 들고 세상으로 훨훨 날아가길.

세상 속으로

　　월드컵으로 온 국민이 길거리로 뛰쳐나올 것을 상상도 못
하고 있던 2002년 초의 일이다. 4학년 1학기 복학을 앞두고, 남
들은 마지막 학년 준비를 CPA 학원, 영어 학원, 도서관에서 할
때 난 이대 앞에 있던 마포 라이온 복싱체육관에서 했다.

　　지하에 있어 환기가 안 돼 땀 냄새와 곰팡이 냄새가 코를
찌르는 열악한 환경이었지만 난 주 6일 두 시간씩 미친 듯이 운
동했다. 사람이 적당히 바빠야 하는데, 난 운동 후 링 코너에
걸터앉아 세월아 네월아 시간을 혼자 보내곤 했던 걸 보면 마
음만은 새내기였던 것 같다. 그러다 생뚱맞게 동아리나 한번
만들어볼까 하는 발칙한 생각이 들었다. 모든 종목에서 전통의
스포츠 강호인 우리 학교에 그때까지 복싱 동아리는 없었다. 무
려 4학년을 앞둔 놈이 정말 공부는 하기 싫었나 보다.

　　난 길게 생각하지 않고 일단 'Just do it!'은 잘하는 편이다.
학교 홈페이지에 배너 하나를 만들어 띄웠다. "연세대학교 복
싱 동아리 부원 모집". 문의하라고 적어놓은 당시 나의 이메일
주소도 boxer@dreamwiz.com이었다.

그렇게 Yonsei Boxer는 시작되었다. 동아리를 만들려면 지도 교수가 있어야 했다. 체육학과 교수님 중에 복싱에 관심 가져주실 만한 분이 없을까 찾던 중 학교 앞 식당에서 버려진 신문을 보았다. 그리고 운명처럼 그 신문에서 치과의사 복서로 유명하신 세브란스 최병재 교수님의 기사를 발견했다. 난 신문을 접고 숟가락을 던진 다음, 곧장 나의 애마 스쿠터를 타고 전속력으로 달려, 치과병동에 계신 교수님을 무작정 찾아갔다. 간호사분께서 어떻게 왔는지 물어서, 치아가 아픈데 꼭 최병재 교수님께 진료를 받고 싶다고 말했다. 참고로 교수님은 소아치과 담당이셨다. 그렇게 충치 치료하러 엄마 손 잡고 온 아이들 틈에서 한 시간을 기다려 내 차례가 되었다.

교수님은 아이가 아니라 다 큰 놈이 들어오자 순간 놀라셨다. 어떤 일로 찾아왔는지 조심스레 물어보셨다. "교수님, 사실 치아 때문에 온 건 아니고요, 제가 복싱 동아리를 만들 테니 지도 교수가 되어주세요." 그 말에 교수님은 환한 미소와 함께 쿨하게 "만들어지면 연락해요."라며 본인의 직통 번호를 친절히 적어주셨다. 교수님은 휴대폰 따위는 가지고 다니지 않으시던 쿨남이셨다.

그렇게 만난 교수님을 모신 지 18년째. 젊고 멋지고, 링 위에서 어느 학생들에게도 안 밀리시던 최병재 교수님이 오늘 정년퇴임을 하셨다. 나의 근황은 후배들에게 들어서 알고 계셨다.

멀리서 날 보시고 다가오시더니, 반가움과 걱정스러움이 반반 섞인 표정으로 손을 꼬옥 잡아주셨다. 여기까지 왜 왔냐고, 몸은 좀 괜찮냐고.

퇴임식에서 오래간만에 뵌 교수님은 여전히 복싱을 하시며 60대라곤 믿기 힘들 정도로 탄탄한 몸과 눈빛을 가지고 계셨다. 1년 사이에 폭삭 늙은 나랑 친구 해도 될 정도였다. 그리고 여전히 휴대폰 따위는 안 가지고 다니셨다. 한 사람의 일생이 이렇게 쿨할 수 있다니. 교수님, 마지막까지 멋져주셔서 감사드립니다.

그렇게 18년 전 소아치과 진료실에서 의기투합했던 두 남자의 운명은 묘하게 이어지고 있었다. 교수님이 학교를 떠나시던 그날, 바통 터치하듯 나는 다시 학교로 돌아오게 되었다.

예전에 업계 선배 한 명이 내게 물었다.

"창우야, 넌 나중에 뭘 하고 싶냐?"

난 솔직히 말씀드렸다.

"강의를 하면서 살고 싶어요. 글도 쓰고. 돈이 좀 남으면 복싱체육관도 하고."

예상 범위를 벗어난 뜻밖의 대답이라, 그 선배는 적잖이 당황하셨다.

"상장사 대표를 한번 해 보고 싶어요." "3,000억짜리 블라인드 펀드 대표펀드매니저가 되고 싶어요." 정도의 대답을 할 걸 그랬나. 보통 꿈에 관한 대화는 꼬리에 꼬리를 물어야 하는데, 이 대화는 선배의 "그래?" 한마디로 끝이 났다.

난 걷고 있는 커리어를 쭈욱 걸어갔을 때 예상되는 꿈들에는 큰 매력을 못 느끼는 것 같다. 천직이 아닌 건가. 그래도 내 직업을 아주 좋아하긴 하는데, 꿈만은 항상 다른 곳에서 찾고 있다.

투병 생활을 하는 동안 와이프가 이런 말을 했다.

"앞으로 돈은 내가 벌 테니, 오빠는 하고 싶은 거 하면서 살아."

내가 진짜 그렇게 살 수 있다는 것을 가장 잘 아는 사람이 이런 말을 할 때는, 그건 진심이었다. 진심에는 응답을 해야지. 그 말에 힘을 얻고 내가 정말 하고 싶은 것을 떠올렸다. 역시 강의, 글쓰기 등이 생각났다.

글쓰기는 언제라도 할 수 있으니 후순위로 미뤄두고 강의를 떠올려 보았다. 내가 강의를 하고 싶은 이유가 몇 가지 있는데, 우선 난 앞에 나가서 발표하는 것을 좋아한다. 듣는 사람들의 선한 눈빛과 잔잔한 웃음은 내게 엄청난 에너지를 준다. 사람이 많으면 많을수록 힘이 더 나는 스타일이다. 10명보다는 50명, 50명보다는 100명이 좋다. 생각만 해도 기분이 좋다.

그런데 내가 무슨 콘텐츠로, 어디서 강의를 할 수 있을까. 막상 하려니 부족한 것투성이였다. 박사학위가 없는 것이 가장 큰 허들이었지만, 그래도 아무 생각 없이 받아놓은 석사학위가 약간의 위안이 되어 주었다. 하지만 난 부족한 생각은 오래 하지 않도록 설계되어 있다. 콜드 콜, 콜드 메일은 나의 전공 분야다. 큰 고민 없이 이력서를 업데이트하고, 자기소개서를 쓰고, 임용지원서를 다운받고 실라버스를 만들어서 여기저기 학교들에 콜드 메일을 보냈다. 이 과정에서 나의 지난 16년 간의 사회생활이 나쁘지는 않았다는 것을 다시 한번 깨달았다.

'나, 여기까지 잘 살아왔구나. 나의 이야기를 삶이 힘든 학생들에게 들려주고 싶다.'

그때부터 놀라운 일들이 벌어졌다. 많은 우연과 고마운 사람들이 견우직녀에게 오작교를 만들어 주듯 나타나기 시작했다. 내가 가진 능력이나 당초 기대보다 훨씬 은혜로운 일들이 펼쳐졌다. 기적 같은 한 달이 지났다.


모든 순간순간은 내 가슴속에 소중히 담아 두고 결론부터 말하면, 다음 주부터 모교에서 강의를 하게 되었다. 긴 잠에서 깨어보니 연세대학교 경영학과 산학협력중점교수로 임용되어 있었고, 정신을 차려보니 2019년 1학기 '벤처캐피탈' 강의에 이름을 올리고 있었다.

당장 다음 주라 열심히 수업 자료를 만들고 있다. 반년 전, 내일에 대한 확신이 없던 그때로 돌아가지 않더라도, 불과 한두 달 전만 해도, 걸어 다닐 때 낙상이 염려되어 주머니에 손도 안 넣고 조심조심 다니던 내가 강의 준비라니, 모든 것이 꿈만 같다. 나 살짝 행복을 느껴도 되나. 너무 티 내면 모든 것이 신기루처럼 날아갈까 봐 애써 무표정을 짓고 있지만, 이제 나 조금 행복해해도 되겠지.


세상으로 다시 나아가는 나의 첫걸음은 이러했으면 좋겠다는 나의 기도를, 말도 안 되게 과분하게 들어주신 그분께 감

사드린다. 저 드디어 출격합니다. 다시 일어서는 데 8개월 걸렸
네요. 그동안 응원과 기도를 해 주신 모든 분께, 다시 한번 감사
드립니다.

우린 대부분 죽음이란 것을 생각하지 않고 산다.

마치 우리가 영원히 살 것처럼,
우리의 젊음이 끝없이 지속될 것처럼,
우리 아이들의 어린 시절이 계속될 것처럼,
재미도, 의미도 없는 '일'이란 것만 하면서 하루하루 그냥
살아간다.

물론 일은 필요하다. 다만 내가 한 발짝 떨어져서 보니 대
부분 필요 이상의 시간, 감정, 건강을 소모하며 일을 하고 있다.
일만 하려고 태어난 인생은 분명 아닐 텐데.

나도 그랬다. 아프기 전까진.

인생에 죽음이라는 상수를 넣고 보면 많은 것이 제자리를
찾아간다.

우린 모두 죽는다. 우리 가족들의 남은 인생에서 가장 아름다울 얼굴 모습은 지금 이 순간이다. 그러니 후회 없이, 아끼지 말고 서로의 얼굴을 실컷 보자.

프리챌 시절이었나, 싸이월드 시절이었나. 자신의 묘비명 적어 보기가 유행했었는데, 이제야 생각해 본다. 며칠 전에 방시혁도 서울대 졸업식 축사에서 자신의 묘비명을 언급했었다. 나름 비슷한 세대 맞구나.

훗날 내 묘비명에는 이렇게 적히길 희망한다.

"사랑하는 아내와 두 딸의 웃는 모습을 실컷 보다가 나이가 차서 죽었다."

대망의 첫 번째 수업 날. 지난여름 집 나갔던 머리카락들도 인고의 솜털 시기를 잘 극복하고, 이제 모자를 쓰지 않아도 수술 부위가 표가 나지 않을 정도는 되었다.

수업은 매주 목요일 4~7시, 연세대 경영관 104호에서 학부 3~4학년 53명 대상이다. 수업 전에 많은 조언을 들었다. 요즘 학생들은 우리 때랑 다르니 조심하라며. 〈90년생이 온다〉라는 책도 선물 받아 읽었다.

오래간만에 양복을 꺼내 입었다. 1년 만에 삼선 슬리퍼와 운동화가 아닌, 딱딱한 구두를 신고 신촌역에서 경영관까지 걸어가니 구두도 놀라고 발바닥도 놀랬다. 나의 아킬레스건과 전방 십대인대들도 여차하면 스스로 끊어버릴 기세다. 다음 주부터는 편한 신발 신을 테니 오늘만 잘 버텨주라.

수업 시간이 되었다. 학생들이 강의실을 꽈악 채우고 있었다. 모든 학생이 노트북을 펴고 있는 모습이 색달랐다. 스누피

세상 속으로

가 그려져 있는 공책에 지우개 달린 더존 HB 연필로 필기하는 사람은 없었다. 내가 거짓말을 하면 노트북으로 바로바로 팩트 체크가 들어가겠군. 교수님들 고생 많으십니다.

첫날 강의 주제는 '벤처캐피탈의 이해'였다. 수강변경 기간이 시작되어, 첫 수업이 어설프면 대거 빠져나갈 수도 있는 상황이었다. 에이, 설마. 내가 마이클 샌델 교수도 아니고, 첫날부터 3시간을 꽉 채울 순 없지. 휴식시간 없이 딱 두 시간 동안 진행했다. 시간이 어떻게 지나갔는지 모르겠다. 한 학기를 끌고 가야 하는데, 첫날 너무 많은 카드를 써버렸다. 남은 세 달 무슨 내용으로 버티지. 에라, 모르겠다. 매주 강의 소재들이 나오겠지. 내일 걱정은 낼모레.

두 시간 동안 구름 위를 나는 기분이었다. 나의 버킷리스트 중 하나가 이뤄지던 순간, 너무 감동적이었다. 학생들의 선한 눈빛과 에너지는 6월까지 날 든든하게 받쳐줄 것 같았다.

강의가 끝나자 박수가 터져 나왔다. 세 시간 수업을 두 시간 만에 끝내줘서인지, 원래 수업 끝날 때마다 그러는지는 잘 모르겠지만, 수술 이후 가장 짜릿한 순간이었다. 내 머리 속 종양들도 그 박수 소리를 들었겠지? 나, 한 학기 동안 이렇게 신나게 강의해야 하니, 너희도 이제 좀 꺼져 줄래.

이런 삶, 좋구나. 이제부터 버킷리스트를 정성스레 써놓고 하나씩 도장 깨기 해나가는 삶을 살자.

부족한 나에게 분에 넘치는 강의 기회를 선뜻 만들어 주신 연세대 경영학과 교수님, 그리고 53명의 학생들, 너무 감사합니다. 덕분에 제가 더 치유될 것 같습니다.

그리고 학생분들, 수강변경 하지 말고 한 학기 나랑 잘 지내봅시다.

난 집에서 일을 하지 않는다. 절대 하지 않는다. 야근도 잘 하지 않는다. 몇 년 전부터는 회사 메일 푸쉬도 끊었다. 경험 상 퇴근 시간 이후의 메일들은 다음날 확인해도 되는 것들이 80%, 영원히 확인하지 않아도 되는 것들이 19%였고, 급한 1% 때문에 퇴근 후 시간을 방해받기 싫었다.

야근도 거의 하지 않는다. 일이 많을 땐 새벽 시간을 잘 활용한다. 새벽 4~5시에 출근해서 일을 한다. 새벽의 3~4시간은 엄청난 집중력과 속도를 가져다준다. 생각보다 새벽에 일이 일찍 끝나면, 다른 사람들이 출근할 때까지 잠깐 눈을 붙인다. 의자를 최대한 뒤로 젖히면, 비행기 일등석이 따로 없다. 새벽에 일한 후 음악 잔잔히 틀어놓고 일등석 취침하고 일어나면, 내 몸의 모든 수분이 박카스로 바뀐 것처럼 상쾌하다. 그래서 집에서 내 책상과 노트북을 치워버린 것이 거의 지우 나이에 맞먹는다.

그런 내가 몇 년 만에 집 안에 일할 공간을 만들었다. 학교에도 산학협력중점교수 사무실이 따로 있긴 한데, 남양주에서 연대는 너무 멀다. 집 근처에서 일할 수 있는 공간도 찾았는데, 생각보다 열악했고 쓸데없는 돈을 쓰기 싫었다. 그래서 나의 오랜 원칙을 깨고 집 안에 사무 공간을 만들기로 했다.

중고나라, 다이소, 2001아웃렛 한 바퀴 돌고 나니, 저렴하지만 안정적인 워킹 스페이스가 만들어졌다. 프린터 복합기도 한 대 샀는데, 명색이 삼성전자 프린터 마케팅 담당 출신이 집에 처음 들인 프린터였다. 그것도 삼성이 아닌 캐논으로. 내 제품에 이렇게 애정이 없다니.

좀 놀아보니 알겠더라. 할 일이 없을 때 자연스럽게 노는 것보다 할 일이 산처럼 쌓여 있을 때 째고 노는 것이 훨씬 재미있다. 더 재미있게 놀기 위하여, 이 사무 공간에 할 일이 좀 쌓여주길.

6개월 만에 재검을 받았다. MRI를 찍고, 안과 검사를 받고 겸허히 결과를 기다렸다. 그렇게 주사를 많이 맞았는데, 이건 적응이 안 된다. 오히려 주삿바늘 공포증이 생긴 것 같다. 주사가 왜 이리 아프지.

사실 나의 모든 시계는 오늘로 맞춰져 있었다. 6개월 단위로 5년을 검사받아야 하지만, 첫 단추인 오늘 검사가 참 신경 쓰였다. 몸 컨디션은 좋았지만, 10개월 전 종양이 충분히 커져서 급히 수술을 받으러 들어갈 때도 컨디션은 좋았다. 그래서 말은 안 했지만 지난 6개월간 모든 것이 신경 쓰였다. 이마에 여드름 같은 것이 나도, 잘 때 몸이 가려워도, 몸무게가 1kg 빠져도, 눈이 갑자기 침침할 때도, 내 몸의 사소한 변화 하나하나에 예민해졌다.

신경외과 주치의 선생님을 만나러 가는 길은 언제나 두렵다. 나도 못 본 내 머리 속을 열어 보신 분이니. 나보다 나를 더 잘 알고, 이분 한마디에 내 삶이 너무 급격하게 바뀌는지라, 두려울 수밖에 없는 분이다.

보통 1~2시간을 기다렸는데, 그날은 금방 내 차례가 되었다. 지영이와 함께 착한 걸음걸이와 공손한 표정으로 방으로 들어갔다. 내가 이 세상에서 유일하게 무서워하는 분이 앉아 계셨다. 이분 앞에선 한없이 작아진다.

주치의 선생님께선 의례적인 인사를 하신 후 나의 MRI 차트를 한참 보셨다. 종양이 뚜렷하게 보이는 수술 전 MRI도 함께 띄워놓고 비교하시는 것 같아서, 어떤 사진이 현재의 것인지 알기 어려웠다. 그리고 조용히 차트에 이것저것 적으셨다. 일부러 보지 않았다. 의사 선생님들이 쓰시는 단어들은 아랍어 수준이라 본다고 알 리도 없었지만.

1분 정도 침묵, 이 정적의 시간은 공포심으로 사람을 경직시킨다. 담담할 줄 알았는데 결전의 시간이 다가오니 못난 모습이 자꾸 나오려 했다. 드디어 주치의 선생님이 입을 여셨다.

"음… 괜찮아 보이네요."

"종양을 떼어낸 곳도 잘 차오른 것 같고~" 그 뒤로도 몇 마디 더 하셨지만 내 귀엔 "괜찮아 보이네요."만 계속해서 맴돌았다. 시신경을 건드렸는데, 안과 검사에서도 특별히 더 나빠지는 징후는 없다고 했다. 주치의 선생님은 세 개의 립서비스 선물을 더 주셨다.

"이제 안과는 안 가져도 될 것 같습니다."
"6개월 후 말고, 1년 후에 봐요."
"이제 정상적으로 생활하시면 됩니다."

아… 좋다.
정말 좋다.
오랜만에 느끼는 순도 100%짜리 기분 좋음이다. 지난 6개월은 내심 불안한 가운데서도 행복했는데 앞으로 1년은 모든 불안함을 벗어 던지고, 완전무결하게 행복하기만 하자.

　　세상엔 많은 Capital(자본)이 있다. 난 그중 Venture Capital(모험자본)을 가르치고 있다. 하지만 가장 중요한 Capital은 Positive Psychological Capital(긍정심리자본)이라 생각한다. 내 안에, 혹은 내가 속한 조직에 Positive Psychological Capital을 쌓기 위해서는 HERO, 즉 Hope, Efficacy, Resilience, Optimism이 필요하다.

　　Hope(희망)은 중1 때 외웠고, Optimism(낙천주의)과 Efficacy(효과)는 고등학교 때 〈Voca 22000〉에서 파생어로 외워서 알고 있다. 하지만 Resilience는 영어를 접한 30년간 단 한 번도 마주치지 못했던 단어다. 다행히 네이버는 알고 있었다.

회복탄력성(Resilience)
어떤 실패나 역경을 겪은 뒤 다시 회복하는 힘.

　　하와이에 카우아이란 섬이 있다. 과거에 오지 중의 오지인 이 섬에서 태어난 사람들은 지독한 가난과 질병에 시달리다 성인이 되어 대부분 알코올 중독자나 정신질환자가 되었다고 한다. 불행하기 위해 태어난 사람들이었다. 그래서 1950년대 학자들이 이 섬으로 건너가 그들이 왜 이렇게 불행한 삶을 사는지 연구하기 시작했다고 한다. 그런데 일부 아이들은 그 속에서도 별문제를 일으키지 않고 살아가는 것을 발견하고 그들을 추적 검사하여 공통점을 찾아냈다. 그들에겐 자신을 믿고 지지해 주는 사람이 최소 1명 이상 있었다고 한다. 회복탄력성은 그런 환경에서 길러진다.

2019년 1학기, 후배들에게 그 1명이 되어주고 싶다는 생각으로 수업을 시작했다. 한 학기 강의가 벌써 절반을 넘었다. 매 수업 시간이 내겐 너무 소중한 치유의 시간이다. 누가 밀레니얼 세대 학생들이 특이하고 어렵다고 했는가. 이처럼 순수하고 열정적이고 선한 학생들을.

내가 그들에게 언제나 믿고 지지해 줄 수 있는 1명이 되었는지는 모르겠다. 오히려 나를 믿고 지지해 주는 53명의 새로운 친구들이 생긴 것 같다. 매주 한 번씩 만나는 그들의 선한 미소는 내 눈으로 들어와 장까지 살아 들어가 내 몸의 면역력을 높여주는 프로바이오틱스 유산균 같다.

　　스승의 날, 수업이 없는 날이라 학교에 가지 않았다. 오늘 학교에 갔다면 선물을 옮기느라 타다 두 대를 불러야 했겠지. 뭐, 뭐. 상상이라도 내 멋대로 좀 하자.

　　삼성동에 약속이 있어서 집을 나섰다. 외출 시 광역버스 1100번을 이용한다. 잠실까지 15분이면 가니, 우리 집이 잠실 같다. 마을버스가 스케일 있게 광역버스일 뿐. 출퇴근 시간을 제외하면 좌석은 항상 여유 있어서, 난 두 자리 모두 비어 있는 좌석 중 가장 앞쪽 창가 자리에 앉는다. 그리고 이어폰을 귀에 꽂는다. 지니 뮤직에서 재즈를 듣거나 할아버지들처럼 유튜브를 보기도 한다.

　　그런데 오늘은 이어폰을 깜빡했다. 제길. 그래서 버스에서 들려오는 라디오에 귀 주파수를 맞췄다. 1990년대 중반 댄스 음악이 흘러나왔다. 음악을 가장 많이 듣던 시기라, 그 시절의 노래는 너무 반갑다. 태사자라는 1990년대 아이돌의 데뷔곡이 흘러나왔다. 제목은 기억 안 났지만, "아~ 예~ 태사자 인 더 하우스!"로 시작하는 노래였다. 너무 흥겨워 어깨가 들썩거렸다.

아주 오랜 친구를 만난 기분.

그때는 맨 앞 자리에 앉아 있었는데, 기사 아저씨가 눈에 들어왔다. 50은 되어 보이셨다. 그런데, 무려 이 노래를 조용히 따라 부르시는 것이 아닌가. 그루브를 타시며 랩 파트까지 완벽하게. 퍼커션 콩가로 리듬을 타듯 운전대를 가볍게 두드리시면서. 헉, 저분의 정체가 뭐지. 과거 태사자 매니저라도 하셨나. 내릴 때 리스펙트를 가득 담아 스웩 넘치게 인사드렸다. "감사합니다~ 아~예~ 태사자 인 더 하우스." 물론 뒷부분은 안 들리게 했지만.

바닥을 칠 때 건네는 농담

　　원래 커피를 자주 마시지 않지만, 요즘은 한 잔을 마셔도 뜨겁게 마시려 한다. 체온이 떨어지면 면역력도 쌀라쌀라~ 라고 해서.

　　한 잔 시켰다. 주문할 때 hot인지 ice인지 묻질 않았다. 당연히 디폴트는 뜨거운 음료겠지. 진동기마저 뜨겁게 울려 커피를 가지러 갔더니 잔 속에 얼음 알갱이들이 찰랑찰랑 거리고 있었다. 에이, 나 아이스라 말하지 않았잖아. 이제 곧 여름이라 차가운 음료가 디폴트인가.

　　그래도 아닌 건 아니지. 자기주장이 뚜렷한 차도남처럼, 멋지게 한마디하고 바꿔 달라고 하려고 했는데, 그 순간 영수증에 찍힌 주문 내역이 보였다.


　　콜드브루.


　　#Cold #중1 때 배운 단어

인생은 다양한 방법으로 나눌 수 있다. 대학 입시 전과 후, 결혼 전과 후, 얼굴 돌려깎기 전과 후 등. 내 기준에서 인생은 아플 때와 안 아플 때로 나뉜다. 그렇게만 나누면 된다.

내가 만약 안 아픈 구간에 살고 있다면, 그것만으로도 충분히 행복해야 한다. 누구든지 만약 지금 가족 중 아픈 사람이 없다면, 최고로 행복한 시기를 살고 있다. 괜히 다른 사람의 기준에 따라, 명함에 찍힌 단어 몇 개에 따라, 물질의 크기에 따라, 자녀의 성적표에 따라, 이 소중한 구간의 행복을 나눌 필요가 없다.

건강만으로 온전히 행복할 수 있다. 그것이 내가 지난 1년간 배운 것이다.

알을 깨고 나왔다. 온몸을 감싸고 도는 바람 느낌이 너무 좋아 꿈틀거려 본다. 일단 배를 좀 채우자. 눈앞에 잎사귀들이 무성하다. 나보다 먼저 나온 녀석들이 갉아 먹은 구멍 사이로 햇살이 비친다. 다행히 좋은 시대에 태어나서 천적들도 보이질 않는다. 공룡 시대에 태어났어 봐, 트리케라톱스 같은 초식 공룡들이 나뭇잎에 붙어 있는 나까지 먹어버렸겠지. 그래도 난 유산균처럼 장까지 살아서 갔을 거다. 이 좋은 세상, 행복하게 더 살아야지.

얼마 후 난 입에서 끈끈한 실을 뽑아 몸에 감기 시작했다. 사람들은 그런 날 번데기라고 부르며 인상을 찌푸린다. 그러거나 말거나. 옷 갈아입는 것이 부끄러워 잠시 숨는 것뿐인데. 이 안에서는 아무것도 먹지 못한다는 것을 알기나 할까. 그리고 난 번데기 에어비앤비를 떠나, 나비가 되어 세상으로 날아간다. 훨훨 날자~ 너무 좋은 세상~ 노란색 날개도 맘에 든다.

아, 좋다~ 시원한 공기~ 따스한 햇살~ 이게 행복이라~ 눈을 살포시 감고~ 흠~.

쿵! 방금 어이없게 주행 중인 내 차에 부딪혀 죽은 나비는 이런 생애를 살았겠지. 꽃밭에서만 놀지 찻길로는 왜 나와서. 이 세상, 그래도 살 만한 곳인데. R.I.P. 이름 모를 Yellow Butterfly. 내가 대신 훨훨 날아 줄게. 건강하게.

바닥을 칠 때 건네는 농담

미치도록 화창한 날이 계속되고 있다. 봄엔 퐁당퐁당 찾아오던 미세먼지 보통인 날마다 lucky day를 외치며 산책하러 나갔는데, 요즘은 'Everyday is my lucky day!'다. 멀리 보이는 산들의 울퉁불퉁한 근육들, 뚜렷한 구름의 윤곽, 마스크 팩을 하듯 얼굴 전체를 덮어주는 시원한 바람이 이토록 좋은 것이라니.

좋은 날씨 덕분에 산책 거리를 살짝 늘렸다. 왕숙천 산책로를 따라 1km 정도 조깅을 하고, 돌아오는 길은 천천히 걸어온다. 오는 길에 철봉이 하나 있다. 매일 시간 맞춰 출근하는 곳이다. 수술 전에는 턱걸이 10개는 어렵지 않게 했는데, 이젠 20초 정도 매달려 있으려고 간다. 철봉에 매달려 온몸의 뼈가 펴지고 손에 힘이 스르륵 빠지는 기분이 너무 좋다.

오늘은 철봉에 익숙한 두 사람이 매달려 있었다. 동남아에서 일하러 온 청년들인 것 같았다. 물론 IT 거물들일 수도 있겠지만 그러기엔 운동복이 참 검소하다. 산책할 때 자주 마주쳤다. 하루를 마감하고, 저녁마다 운동하러 나오는 것 같았는데, 새벽에도 운동하고 있구나. 철봉을 배경으로 서 있는 모습만 봐도, 참 착한 청년들이라는 것이 느껴졌다.

내가 다가가자 철봉을 양보해 줬다. 난 고개를 살짝 끄덕여 친근함을 표시한 다음, 철봉에 매달렸다. 그런데 보는 눈이 둘이나 있으니 매달리기만 하기엔 부끄러웠다. 힘을 살짝 줬다. 몸이 조금 떠올랐다. 오, 되겠다. 힘을 제대로 줬다. 하나, 둘.

오호, 턱걸이 두 개가 되는구나. 생각지도 못한 성과였다. 그리고 두 번째도 힘차게 몸이 끌려 올라간 것을 보면, 세 개까진 가능할 것 같았다. 하지만 동남아 버디들에게 나의 못생김을 들키기 싫어, 두 개만 하고 내려왔다. 경험상 0개에서 3개까지가 힘들지, 3개에서 10개는 별로 힘들지 않다. 다시 가보자.

매달리기는 이제 그만. It's time to go high.

바닥을 칠 때 건네는 농담

　　모든 것은 평균에 수렴한다. 동전을 계속 던지면 앞면, 뒷면 나온 횟수가 결국은 절반에 수렴한다. 자장면과 짬뽕도 항상 고민하지만 lifetime 주문 횟수를 따져보면 반반일 것이다. 그러니 너구리에 김치가 맛있을지, 신라면에 단무지가 맛있을지 너무 고민하지 않아도 된다. 어차피 반반 먹는다.

　　모든 것은 평균으로 수렴한다. 그렇기에 지금 잘나간다고 으스댈 필요도, 힘든 시간을 보내고 있다고 기죽을 필요도 없다. 내가 현재를 웃으며 버티는 이유다. 인생은 불행을 겪어도 결국 평균으로 수렴한다.

　　하지만, 단 하나 절대로 평균으로 수렴하지 않는 것이 있다. 산술적으로 50%는 맞아야 하는데, 신기하게 실패 확률이 압도적으로 높은 하나가 있다. 그건 바로 USB 방향 맞게 꽂기.

　　언제나 틀려서, 이젠 안 속는다며 꽂기 전에 씨익 웃고 방향을 틀어서 꽂으면, 또 틀린다. 누군가가 USB로 내 인생을 조롱하는 것 같다. 그래도 이것 빼곤 내 삶은 언제나 평균에 수렴하며 예측 가능하게 흘러가니, 얼마나 감사한가.

오늘은 첫째 지우의 11번째 생일날. 지우야, 생일 축하해. 국회의사당 돔 밑에 선물 숨겨 놨으니, 커서 괴롭히는 사람 있으면 우선 아빠 찾아와라. 절반은 아빠가 해결할 수 있을 텐데, 아빠 힘으로도 안 되는 나머지 절반은 솔직히 말할게. 그럼 그때 오늘 숨겨 놓은 로보트 태권V 찾으러 가자.

바닥을 칠 때 건네는 농담

61kg까지 몸무게가 빠진 이후 살찌우는 것이 정말 힘들다. 저울에 올라갈 때마다 스트레스다. 65kg까지만 만들고 싶은데, 위도 작아졌고 입맛도 여전히 별로라 도통 살이 찌질 않는다. 투병 초기에는 그래도 먹고 싶은 음식이라도 많았는데, 요즘은 딱히 떠오르는 메뉴도 없다. 그래도 더 빠지진 않으니 만족해야 하나. 주인이 집 떠난 사이 사료 봉지가 넘어져서, 지 죽는지도 모르고 사료를 주워 먹다가 동물병원에 실려 간 어느 불독 이야기가 부러울 뿐이다.

내 인생에서 가장 맛있게 먹었던 기억은 2000년, 제주도에서 먹은 수박이다. 과외비를 만 원짜리로 두툼하게 받아 집으로 돌아오니 재성이가 내 방에 와 있었다. 열쇠를 숨겨 놓는 곳을 알고 있어서 자기 집처럼 드나들던 녀석이다. 재성이에게 두툼한 돈 봉투를 던져줬다. 내 돈이 니 돈이고, 니 돈이 내 돈이던 시절이었다. 우리 둘은 이 돈으로 뭐할까 잠시 고민하고 있었는데, 솔깃한 제안이 나왔다.

"우리 제주도나 갈까?"

우린 씨익 한 번 웃고, 가방에 속옷만 몇 개 넣고, 정확히 10분 후 집을 나섰다. 그리고 2박 3일간 내 봉투의 돈이 다 떨어질 때까지 제주도를 돌아다녔다. 제주도에 있던 재성이 지인으로부터 차를 빌린 후 우린 그 차를 타고 델마와 루이스처럼 돌아다녔다. 덤앤더머스처럼인가.

밤에는 소주 한 병 사서, 청양고추를 벌칙 안주 삼아 술을 마셨다. 그리고 수박도 먹었다. 당시 제주도에는 수박밭이 많았는데, 우린 수박 서리를 한 후 이름 모를 바닷가로 가서 돌로 수박을 깬 후 반 통씩 들고 먹었다. 뜨거운 여름이라 수박이 따뜻했지만, 밭에서 막 따서 먹은 그 맛을 지금도 잊을 수 없다.

지금까지 이렇게 기억하고 있었다. 그런데 오늘 갑자기 그날이 다시 떠올랐다. 수박 서리가 아니었다. 우린 수박밭에서 일을 하고 계신 할아버지, 할머니를 돕기 위해 차에서 내렸고, 뙤약볕 아래에서 수박 따는 것을 도와드렸고, 할머니, 할아버지께서는 돌아서는 우리에게 고맙다고 수박 한 통을 주셨다.

난 왜 지금까지 20년 남짓 그 일을 수박 서리로 기억하고 있었을까. 친구들에게 허세 잔뜩 넣고 수박 서리한 거로 MSG 치고 이야기한 것이 내 머릿속에 그대로 남았나 보다. 내가 잘못했던 것으로 기억하고 있는 일들을 하나씩 다시 곱씹어 봐야겠다. 알고 보면, 나 아주 착한 아이였을 수도.

　　드디어 영화 300편 리뷰 글을 썼다. 오랜 숙제를 끝낸 기분이다. 난 내 기억력을 믿지 않기에 이렇게 기록해 두지 않으면 금방 휘발되어 사라진다. 영화평론가들의 평점과 내 느낌의 간극을 확인하고, 영화 근육이 지극히 평범한 사람으로서 내 기준의 평점도 한번 매겨봤다.

　　10점이 3편, 9점이 25편, 8점이 72편으로, 8점 이상을 준 100편은 내 삶을 더 풍족하게 만들어줬다. 별것 아니지만 복기와 정리를 끝내니 이제 모든 상황에 맞는 영화를 고를 수 있을 것 같다.

　　이 책과 닮은 영화를 골라봤다. '내 삶을 살자'는 주제로 보면 '허공에의 질주', 시간의 흐름을 볼 수 있어서 '보이후드', 특별한 내용은 없어서 '로스트 인 더스트', 매일 같은 일상의 반복인 점에선 '토리노의 말', 가족의 사랑을 담아서 '미스 리틀 선샤인', 지난 시간에 대한 감정이 진솔했던 '빅피쉬', 나랑 닮은 사람이 남자 주인공을 맡았던 '라라랜드'를 꼽고 싶다. 너무 좋은 영화들만 골랐나.

솔직히 말하면, 아마추어 감독의 저예산 독립영화 '델타 보이즈'와 '감자 심포니' 사이쯤?

1999년에 드림위즈 메일 계정을 만들었다. 난 당시 korea. com, hanmail.net 등의 이메일 계정을 난잡하게 사용하다가, 드림위즈가 출범하자마자 기존 메일 계정들은 스팸받이로 남기고 잽싸게 갈아탔다.

화면도 깔끔했고, 새집 냄새가 폴폴 풍겼다. 게다가 당시 한국의 빌게이츠라 불린 한글과 컴퓨터 이찬진 대표가 만든 인터넷 포털 사이트였기에 많은 기대를 받았다.

드림위즈가 메일 계정을 오픈 하자마자 난 회원 가입을 했다. 블루보틀 1호 손님이 되려 자정부터 줄을 섰던 사람들이 조상으로 삼을 만한 행보였다. 평소 나의 스타일과 전혀 어울리지 않는 마니아성 플레이였다.

생애 처음이자 마지막으로 1호 고객이 되기 위해 움직였던 이유는 내가 원하는 아이디를 선점하기 위해서였다. 항상 내가 원하는 이름은 이미 존재하는 아이디였기에, 뒤에 0이나 2 같은 똥을 달고 다녔다. 이번엔 깔끔한 이메일 계정을 원했다. 그리고, 성공했다.

이렇게 오픈 첫날 만들어 쥐메일로 갈아타기 전까지 10년 이상 내가 주력으로 사용했던 메일 계정은 boxer@dreamwiz. com이었다.

드림위즈가 20년 만에 서비스를 종료한다는 기사를 발견했다. 그동안 고마웠다, 드림위즈. 너도 나도 나이를 많이 먹었구나. 사람들의 추억들 잘 묻어두고, 먼저 잘 가라. 난 이제 반 온 것 같다. 미안. 멀리는 못 나간다. 내 오랜 친구여, 안녕.

바닥을 칠 때 건네는 농담

수술 후 1년이 지났다. 6개월은 아팠고, 6개월은 회복의 기간이었다. 몸보다 마음이 회복하는 기간이었다.

기쁠 때 기뻐하지 않는 사람들, 행복한데 행복한 줄 모르는 사람들 틈에서 살며 나 또한 그러했다. 행복할 때 행복할 수 있는 것은 누구든 할 수 있다. 하지만 힘든 시기에도 행복할 수 있음을 보여주고 싶었다. 가족들과 날 걱정해 준 주변분들께 고마움을 전하고 싶었다. 그렇게 지난 1년을 기록했다.

앞으로 내 삶에 어떤 스토리들이 기다리고 있을지는 모르겠지만, 가야 할 길이 멀다고 한숨 짓지 말고, 여태껏 살아온 길을 보며 미소 짓자. 지난 1년간의 경험을 통해서 이제 어떠한 상황에서도 난 행복할 수 있고, 조금 더 좋은 사람이 될 수 있을 것 같은 자신감이 생겼다. 그리고 이 모든 것은 사랑하는 가족이 있음에 가능했다.

세상 속으로

자, 비트 주세요.

이제 세상으로 힘차게 나아가겠습니다.

바닥을 칠 때 건네는 농담